ファン文庫

TearS

神社であった泣ける話

JN109268

株式会社 マイナビ出版

TearS

CONTENTS

やさしくて、少しかなしいまぼろし

桔梗楓

京都にある、とある神社。その本殿前で賽銭《さいせん》を投げて、二礼二拍手一礼する。

痩せた眼鏡の中年男性、黒田貴之《くろだたかゆき》の参拝スタイルだ。何十年経っても変わらない。

「黒田はん、ウチに納品に来るたび、丁寧に参拝してくれはるけど、願い事そないにぎょうさんあんの？」

境内《けいだい》をほうきで掃いていた神主が、参拝する黒田の背中を見て言った。

「いや、特に願い事はないんですわ。でも、神社に行くんやったら、ついでに神さんに挨拶しときたいやないですか」

「いやあ、ええ考え方やわ。感心感心。黒田さんは真面目やねえ。お守りの納品も丁寧やし、検品もバッチリやった。せやけど、少しラインナップが寂しいといいますか、新しいお守りのデザインとか考えてもらえると嬉しいんやけどなあ」

「ラインナップですか。新しいもん考えるのはちょっと苦手なんですけど、そう言わはるなら頑張ってみますわ」

「期待してるで〜！　次もよろしゅう」

「おおきに。ありがとうございます」

神主に頭を下げて、神社を後にする。

黒田の仕事は、神社で祈禱する前の『お守り袋』や『おふだ』の卸売りだ。父より継いだこの仕事。特に思い入れがあるわけではないが、昨今は時代もめまぐるしく変わって、売り上げは年々右肩下がりである。

「ラインナップを増やす、かあ。困ったなあ」

自分がもう少し若ければ新しいデザインを積極的に取り入れたり、新規開拓にも力を入れたりしたかもしれないが、今の黒田にそのような熱意はない。

ただなんとなく。なんとなく、仕事をして、生きているだけ。

特に、新しいことを始めるのは苦手を通り越して嫌悪さえしていた。

何も考えたくない。ロボットみたいに自動的に仕事を繰り返して生きていたい。

しかし、それでは満足に生活できないのも現実だった。たとえ黒田が無気力でいたくとも、人間生きている限り、食費や税金などのお金がかかるのである。

「やれやれ、納品の仕事は全部終わってしまったし、しゃあないな」

日が昇っているうちは仕事しろ、が亡き父の口癖だった。根が真面目な黒田は、その言葉に倣って次の仕事をする。

「なんべんか挨拶させてもろてる神社、一応まわっとこか」

まだ仕事の話はできないが、世間話ができる程度には仲良くなっている神社がある。『おいしい話』は、マメに挨拶回りしてこそ、頂けるもの。これも父の教えのひとつだった。

黒田は車で市外に出ると、いくつかの神社を回った。挨拶や世間話を交えながら自作のパンフレットを手渡し、帰り際に本殿で参拝する。

「市内からわざわざ来てくれはったのに、ええ話もできんで悪かったなあ」

二礼二拍手一礼。静かに頭を下げていると、黒田が渡したパンフレットを眺めながら、神主が言った。

「そう言ってもらえるだけありがたいですよ。お守りやおふだ以外でも、何か足りひんもんがあったら、何でも言うてください。絶対用意しますんで」

「それは頼もしいな。それにしても黒田はん、あっちこっち仕事で毎日神社行ってるやろうけど、そのたびに参拝してるんか？」

「ええ、何やもう習慣みたいになってしもうて」

「ははっ、それはええ習慣やな。そんだけ信心深いと、そのうちええことあるかもしれへんなあ」

神主は軽く笑って「ほな」と会釈すると、その場を去って行った。

「信心深い……か」

そんなつもりはない。ただ自分は、毎日同じことを繰り返しているだけなのだ。いつもと違うことをするのが面倒臭いだけ。

いつの間にか自分は、こんなにも……抜け殻のように生きるようになっていた。

いや『いつの間にか』ではない。明確に、いつから無気力になったのかわかっている。

でも今の黒田は、そのことを考えないようにしていた。

過去のことはすべて忘れたいから、今はできるだけ感情を動かさないようにして、淡々と生きているだけなのだ。

「そろそろ行くかあ」

夕方までにあと二カ所くらいはパンフレットを配れるだろう。そう思った黒田が本殿に背中を向けた時。

「貴之さん」

――懐かしい、愛おしい、声が聞こえた。

黒田は慌てて振り返る。まさか、そんなはずはない。でもさっきの声は確かに。

「由希子《ゆきこ》」

黒田の後ろに、女性が立っていた。

細身で、色白の肌に、黒いボブカットがよく似合う。

――それは間違いなく、十年前に亡くなった妻だった。

「そんな、なんでや」

震える足で由希子に近づく。そうして黒田はやっと気が付いた。由希子の相貌が亡くなった頃と比べてずいぶんと若い。まるで出会った頃のようだった。

由希子はほんわりと笑顔になって、言葉を口にする。

「貴之さん、どうしてここに？　あ、お父さんの仕事のお手伝いなん。えらいなあ」

由希子の言葉に、黒田は戸惑った。何だろう、自分に話しかけているように見えない。まるで黒田の後ろに自分自身がいるような感じだ。ゆっくりと手を伸ばして彼女に触れようとしたら、その手が由希子の身体をすり抜けた。

「……まぼろし？」

もしかして、疲れているのだろうか。白昼夢《はくちゅうむ》というものなのだろうか。

「あんな、前に映画誘ってくれたやん。いつ行く？　うち、見たいのがあるんよ」

はにかみ笑顔で話す由希子は愛らしく、かつての感情が蘇《よみがえ》ってきた。

ずっと忘れていたこと。心の奥底で閉じていたふたが開いて、あふれ出す。

好きだった。愛していた。だから勇気を出して、映画に誘ったのだ。

「由希子」

たまらなくなって声をかけた。すると由希子の姿は霧のように消えてしまった。

……今のはいったい何だったんだろう。やはり、疲労が見せたまぼろしだったのか。

いっときはそう思った黒田だったが、この不思議な現象は以降、別の神社でも見るようになった。

それは決まって午後の三時頃。人気のない神社の境内で、まるで亡霊のいたずらみたいに、まぼろしの由希子が現れたのだ。

神社で挙げた結婚式。白無垢《しろむく》姿で微笑む由希子は綺麗だった。

「貴之さん。外国の観光客が、写真撮らせてほしいって。なんや恥ずかしいなあ」

照れ笑いをする由希子に、自然と自分の口元も緩む。

……そうそう、結婚式の日は祝日で、外国人観光客が多かった。日本伝統の婚礼衣装が珍しいのか、たくさんの外国人に写真をせがまれて、同時に祝ってもらったのだ。

また、別の日の前と違う神社では、お宮参りをする由希子が現れた。

そう、娘の香奈《かな》が生まれたのだ。由希子が抱く娘の頬はふくふくと柔らかそうで、由希子は幸せいっぱいの顔をして、我が子をあやしていた。

「あ〜もう、ほっぺもまつげも可愛いわ。いっぱい写真撮っとこうな！」

懐かしくて、あまりに過去が眩しくて、涙が出そうになった。

どうしてこんなまぼろしを目にするのだろう。理由がまったくわからない。もしや病院に行った方がいいのではないかと心配してしまう。でも同時に、心のどこかで愛しい存在に再び会えたことが嬉しかった。

まぼろしでも、妻と娘に会えたことに幸せを感じた。

ずっと忘れていたのに。優しい記憶を頭の隅に押し込んで、固く封じていたのに。

どんどん、どんどん、あふれてくる。

幸せだった記憶が蘇る。

そういえば、自分は人生の節目を、いつも神社で過ごしていたのだ。

別の神社で見た光景もそう。黒田が見たまぼろしは、娘が十二になった時のこと。神社で十三参りをした記憶だった。

振り袖を着る思春期の娘は可愛らしい。まぼろしの中で、由希子が言った。

「十三参りから帰る時に渡月橋《とげつきょう》を渡るけど、絶対うしろを振り向いたらあかんよ」

昔から言われていた、不思議なおまじない。

「なんでえ？」

「さあ？　でもおばあちゃんに言われたんよ。とにかく振り向いたらあかんの！」

「なにそれえ、意味わからへんしっ」

娘は笑い飛ばそうとしたが、由希子が真面目な顔をして言うので、真に受けてしまったようだ。少し緊張した面持ちで神社の境内をあとにする。

その後ろ姿に、あどけなさと可愛らしさ、そして十二になったんだなあという成長を感じた。これが感慨深いという感情なのだろうか。

俺も親になったんだなあと、妙にしみじみしたのを覚えている。

懐かしい思い出。見れば見るほど、あの頃の自分は幸せだった。

だけどもう、これ以上は見たくなかった。

だってこのままふたりのまぼろしを見ていたら、いつかあの記憶に行きついてしまう。

だから見たくない。でも、幸せなまぼろしを目にすると、嬉しくなる自分もいて……。

そんな自分自身が、妙に歯がゆかった。

お守りやおふだを納品しているお得意先の神社。昼下がりの午後三時。黒田はいつものようにがらんとした境内で、まぼろしを見る。

それは娘の成人式だった。晴れ着を着た娘は美しく、涙が出そうなほど嬉しかった。

若い頃の由希子の面影があった。

隣で、娘を見つめる由希子はどこか誇らしげに微笑んでいた。

娘が黒田に顔を向けて、花のような笑顔を見せる。

「お父さん、写真撮ってよ！」

スマホを手渡してくる。しかしその手が触れあうことはない。

「うちも写真欲しいわ。でも、スマホの使い方はよくわからへんのよ」

「じゃあとで、写真送ってあげるわ」

笑顔で話す、娘と妻。黒田はいつの間にか涙を流していた。

震える声で呟《つぶや》いてしまう。

「もう、やめてくれ」

その言葉がスイッチになったように、まぼろしはふわりと消えた。

記憶が、忘れたい記憶が、蘇る。せっかく時間をかけて封じていたのに、辛い気持ちを感じないように感情も殺して、抜け殻のように生きていたのに。

優しいまぼろしが、残酷な現実を思い出させた。


――事故が起きたのは、成人式から数日経った休日だった。

妻と娘が買い物をしている最中、とある交差点で交通事故に巻き込まれたのだ。

即死に近かったらしい。

病院に運ばれた時にはもう……手の施しようがなかったようだ。

病院で、冷たくなった妻と娘を目の当たりにした時の衝撃を思い出す。

「ああ……」

思い出したら、心が死んでしまうと思って、必死に忘れようとしていたこと。

あの日から十年経った今も、黒田の心はぽっかりと穴が開いている。その穴を寒々しい風が通り抜けている。

なにも感じたくない。なにも思い出したくない。

あとを追って死のうと、何度も考えた。でも、どうしても自ら命を絶つ勇気が出なかった。死ぬのが怖くて臆病な自分が嫌になった。やけになって酒に溺れようとしたこともあったけど、酒に弱い自分は悪酔いするばかりで、ただ苦しいだけだった。

こんな生き地獄のような毎日が続くのなら、いっそ、抜け殻になればいい。

黒田は過去を忘れようとした。パソコンのデータ消去のようにすべてを消すことはできなかったが、十年かけて、記憶を薄れさせることはできた。その代わり、無感動で毎日同じことを繰り返して生きるだけのロボットみたいになってしまったが、そんな自分に特に不満は感じていなかった。……不満を覚える感情すら、心の底に封じていたから。

「神様か何だか知らへんけど、こんなまぼろしを見せて、俺をどうしたいんや」

なぜこんなまぼろしを見るのか、わからない。

見たくなかった。心の底から願っているものは、もう手が届かないところに行ってしまったのだ。二度と手に入らない。忘れていたかった。ずっと抜け殻のように生きて、干からびた虫のように野垂《のた》れ死ぬのを待っていたのに。

「貴之さん」

ふと、愛しい声が聞こえた。悲しみに打ちひしがれた黒田は黙って首を横に振る。

もう見たないんや。見せんでくれ。目を固くつむって無視を決め込む。

すると、そっと背中に温かいものを感じた。

「貴之さん。幸せだったことを、私たちのことを、どうか否定せんといて」

まるで祈るかのような声。黒田は目を開いて後ろを振り向く。

だが、そこには誰もいなかった。人気のない神社の本殿が、静かに佇《たたず》んでいるだけだ。

「そういえば……今日は、命日やった」

毎年、季節の節目に墓参りに行っている。しかし命日は、事故があった日のことを強く思い出してしまうから、あえて避けていた。事故現場にも、もちろん行っていない。

でも、あれから十年経った。もしかしたら、今なら感じる気持ちが変わっているかもしれない。

黒田は神社をあとにして、商店街の花屋で小さな花束を購入した。

十年ぶりに見る、市内の交差点。交通量の多い繁華街の一角で、昔から事故多発場所のひとつだった。今も、注意を促す看板が立てられている。

黒田はこの交差点をずっと避けて通っていた。見たら必ず思い出すからと、頑なに迂回していたのだ。

妻と娘はここで交通事故に遭った。警察の話によると、ある母子を庇《かば》って車にはねられたのだそうだ。その話を聞いた時、黒田の心に何とも言えない感情が渦巻いたのを覚えている。

悲しみ憎しみ恨み妬み憐れみ。自分でも驚くほど、どす黒い感情だった。

なんで庇ったんやとか、なんで俺の家族が死んで庇われたそいつらは生きてるんやとか、なんで俺を置いて死んだんやとか。とにかく自分が嫌いになるほど、悪い感情だったのを思い出す。

でも今は……悲しみこそあるけれど、あの感情はない。むしろ納得に似た気持ちを持っていることに、自分自身が意外に思った。

ああ、あのふたりなら。由希子と香奈なら、そうするだろうなと。優しい性格をしているから、とっさに庇うだろうなと、思うのだ。

「ただ、一瞬でも俺の存在を思い出して踏みとどまって欲しかったなあ」

ほう、と吐いた息は白くて、遠い空に消えていく。

事故現場の交差点に、小さな花束を供える。

自分以外に花を供える者はいない。十年前のことだし、交差点付近の歩道の整備もされて、あの悲しい事故以降ここで死亡事故はないらしい。

それでいい。自分のような存在がひとりでも減るのなら、そのほうがいい。

いつの間にか、そう考えられるようになっていた自分に驚く。

「俺も十年経って……少しは変われたんかもしれへんな」

ずっと心の殻に閉じこもって、無感動に、無気力に、ロボットのように仕事だけして生きていたけれど。それでも、牛歩《ぎゅうほ》のような歩みでも、前に進めていたのかもしれない。

あの不思議なまぼろしを見なければ、ここに来ることはなかった。

自分の気持ちの変化に気付くことがないまま、大切な思い出を封じ込めたまま生きていただろう。

そう思うと、あの奇妙な現象は悪いものではなかったかもしれない。

「命日が近かったし、そろそろちゃんとせえって、天国から言いに来てくれたんかな」

口の端を上げて、呟く。そうだといいなと思った。

ひゅうと冷たい冬の風が首元を撫でて、黒田はぶるっと身体を震わせた。

そろそろ帰ろう――。黒田が交差点からきびすを返した時。

まるで黒田と入れ替わるように、ふたりの男女が交差点に立った。

何となく気になって、黒田は振り返る。

不思議と見覚えのある後ろ姿。ひとりは年配の女性で、ひとりは中学生くらいの少年だった。

黒田が置いた花束の隣に、白と黄色の花束を置く。その花びらが風に乗って、ゆらゆらと寂しげに揺れた。

ふたりはその場で膝をつくと、静かに手を合わせ黙禱をする。

その後ろ姿を、黒田は黙って見つめた。

――ああ、道理で見覚えがあると思った。あの頃から随分年月が経っているから、ふたりともだいぶ印象が変わったけれど……。

病院で、妻と娘を看取《みと》った時、謝りにきた母子がいた。自分達を庇ってくれたと言って、泣いていた。子供のほうはまだ五歳だったから、よくわかっていないようだったけど、母親が泣いているから深刻な顔をしていた。

黒田は当時気が動転していたから、ろくな会話もできなかった。恨み言を口にするのを我慢するので精一杯だった、とも言える。

本当は何か罵《ば》詈《り》雑言《ぞうごん》のひとつでも言いたかったけど、なぜか心が阻んだのだ。それは言ってはいけないと、自分自身がストップをかけた。

その理由はずっとわからないままだったけど、こうやって、ふたりの後ろ姿を見ていると、わかってきた気がする。

妻と娘が庇った人を悪く言うのは、妻と娘がやったことを否定するみたいで、嫌だったのだ。

どんなに悔しくても、悲しくても、たとえひとりぼっちになっても。

愛したふたりが咄嗟《とっさ》に取った行動を、愚弄《ぐろう》したくなかった。

黙禱は、黒田が思っていたよりもずっと長かった。やがて少年が女性に声をかけて促し、ふたりは黒田に気付かないまま去って行く。

それでいいと思った。あのふたりはこれ以上、罪悪感を覚えてはいけない。

「あの時の子供が、もうあんなに大きくなっとったんやなあ」

十年という歳月、あの親子は、黒田がこの現場から逃げていた間、ずっと花を手向けていたのだろうか。毎年欠かさず、命日に祈っていたのだろうか。

そうだとしたら、救われる。妻と娘の行動が無駄ではなかったと思って、嬉しくなる。

だから幸せになってほしい。じゅうぶん苦しんだのだろうし、これからは前を向いて楽しく生きてほしい。せっかく、守られた命なのだから。

ずっと思い出したくなかった。ひたすら忘れようと努力していた。後ろ向きの十年だった。

幸せは過去のもので、今は幸せじゃないから、抜け殻のように生きていた。

でも、違う。確かに自分は幸せだった。だから、これからを不幸に生きる必要なんてない。

大切な過去は胸にしまって、しっかりと地に足をつけて、生きるのだ。

そうじゃないと、妻と娘と過ごしたすべての思い出が無意味なものになってしまう。

妻が残してくれたもの。娘がくれたもの。あのふたりの生き方や考え方、優しい性格、自分に教えてくれたこと。そのすべてを自らの血肉にして、有意義に生きる。

それが、忘れないということ。過去から逃げないということ。

……十年経ってやっと、自分の新しい生き方を見つけるなんて、遅すぎる。

もしここに妻と娘がいたら、呆れ顔で文句を言うだろう。

「そうや、もういい歳してんやから、そろそろシャキッとしいな！」

ふと、そんな声が聞こえた気がした。思わず振り向くけれど、そこには先ほど後にした神社の入り口があるだけだった。

お得意先の神社。父親の代からのつきあいで、会社帰りの由希子とよく会った。

映画に誘ったのもこの神社だったし、お宮参りもこの神社だった。

「これも何かの縁、というやつなんかな」

やっぱり、ふがいない夫に業を煮やして天国から文句を言いに来たとしか思えない。

どうせなら『愛していた』とか、ロマンチックなことを言ってくれないものかと思ったが、そう都合良くはいかないらしい。

黒田はくすりと笑って、ぽりぽりと頭を掻く。

「かんにんな、デキの悪い夫で。でもこれからは――」

もうちょい、マシな人生、歩んでみるから。

そうして天寿を全うして、ふたりの元に行けたら、その時は褒めてくれるだろうか。

娘は大好きやでって言ってくれるかな。妻は今度こそ愛してるって笑ってくれるかな。

「おおきにな。もう、二度と忘れへんよ」

そう言うと、目の前にふわりと妻と娘が現れて、満足するように頷いた気がした。

黒田が目にした不思議なまぼろしは、これを最後に二度と見ることはなかったが、彼の心の中には、常に幸せなあの日々の思い出があるから、失意に陥ることはない。

新しいお守りのデザインに挑戦したり、新規開拓に勤しんだり。

黒田にはもう、以前の無気力さはない。いや、そんなふうに生きてはいけないのだ。

彼はもう二度と、愛した人たちを心配させたくないのだから。

巫女のバイトをする理由

伊瀬ハヤテ

足元に置かれた電気ストーブにつま先を限りなく近づける。かじかむ手は祈るようにカイロを揉みしだく。それでも眼前から吹き込む冷気の前には何ら意味を成さなかった。

今が一月初めだから、という理由もある。例年にない寒波が日本列島を襲い昨日まで大雪だった、という理由もある。しかしそれ以上に大きな理由がある。

それは、私が巫女装束《みこしょうぞく》を着ているから。

白衣《びゃくえ》に緋袴《ひばかま》。上下紅白でおめでたい感じの衣装はとにかく生地が薄い。髪も後ろで縛り上げ首筋が寂しい。せめて袴の下にズボンを穿きたいと申し出たが神主さん曰く「神様に仕える身なのだからきちんとした格好をしなさい」と学校の服装検査みたいな論理不明な理由で却下された（その代わり自動販売機の温かい飲み物を奢《おご》ってあげると言われたので許した）。

ではなぜ、私が震えながら巫女としてお守りを売る社務所に座っているのかといえば、私自身よくわかっていない。

こっそりとはちみつのど飴を口の中で転がしながらどうしてこうなったのだろう、と記憶を遡《さかのぼ》る。

そうだった。あれはまだ年が明ける前、二学期最後の登校日のことだった。

「誰かお願い！　一緒に神様に仕えよ！」

言葉だけ聞けば大変胡散《うさん》臭い友人の誘いは、要するに叔父が神主を務める神社で巫女のバイトを頼まれたが、一人は嫌だから一緒に来てくれ、というものだった。

その場にいた私以外の友人たちは口々に家族で旅行、祖父母の家に帰省、他のバイト入れてる、と断りの理由を連ねる。

「実来《みく》ちゃんは？」

「私は……」

「お願い！　日給はそこそこいいし、忙しいのは正月三ヶ日ぐらいだし、それに、巫女さんの格好似合うと思うし！」

「どうしよっかなー」

なんて口では言っていたが内心いいなと思っていた。どうせ家にいてもだらだらと過ごすだけだし、巫女さんの服装って可愛いし。

そんなことを考えながら黙っていると、断られる、と思った友人は、「お願い！　お願い！」と叫び出し、その必死さが可笑しくてみんなで笑っていると突然、カバンを机に乱暴に置く音が教室に響いた。

恵口真央《えぐちまお》だった。

真央はカバンの中から参考書を取り出し、シャープペンシルをノックし、ノートに文字を書く。それら全ての音に攻撃的な意志を感じた。

うるさいんだよ、そう言われた気分だった。

あたりを見ると席に座っている生徒はみんな鬼気迫る表情で机に向かっている。過去問の復習をする人。呪文のようにぶつぶつと英単語を唱える人。ストップウォッチを置いて本番のように赤本を解く人。

彼らはあと一ヶ月で大学入試を受ける人たちだ。

「……行こっか」

「あ、バイトは？」

「やるよ」

「うん……」

補習で残る彼らを背に、推薦入試ですでに進路が決まっている私たちはそそくさと教室を後にした。

ガリッ。

気まずい思い出を飴と一緒に噛み砕く。喉がスーッとして、溜息がほんのり甘い。

その後、巫女のバイトに誘ってきた友人はインフルエンザにかかってしまい、ここにいる巫女のバイトは私一人。あとは……。

「今日はあれやらないの？　なんだっけ？　せ、せっしゃおおやまと申しまして、だっけ」

「拙者《せっしゃ》親方と申すはお立ち会いのうちに、です。外郎売《ういろううり》」

「それそれ。実来ちゃんは上手だね」

「どうも……」

寒さで固まった表情筋をほぐすついでに「外郎売」を口いっぱいに広げて朗読していたのを見られて以来、ずっといじってくる（本人はいじっているつもりないかもだけど、私からすればかなりの変顔を見られた恥ずかしい過去を思い出させるからいじっている判定）神主さんのお母さん、つまり友人のおばあちゃんだけだ。

最初は私とおばあちゃんだけで大丈夫かと心配していたが、結局大雪でほとんど参拝客が来ずに正月三ヶ日は過ぎてしまった。可愛いと思っていた巫女装束ももうとっくに飽きた。つまり、かなりしんどい。

始業式まであと少し。学校が始まればバイトも終わる。それまでの辛抱だ。

そう自分に言い聞かせながら売り物であるお守りについた小さな鈴を指先で鳴らしていると、雪かきされた参道を人が歩いてくるのが見えた。よく見ると同じ学校の制服を着ている。

知り合いか？　と目を細め、その女子生徒を認識した瞬間、私はとっさにしゃがみ身を隠す。

恵口真央だった。

真央は拝殿の前で鈴を鳴らし、二度深々と頭を下げる。そして二回手を鳴らすともう一度頭を下げ、辺りを見回し参道を戻っていく。

すると、参道の脇に鎮座する狛犬《こまいぬ》の横に設置された掲示板の前で立ち止まると、数秒のちに、また歩き出し神社を後にした。

何か、書いたのかな？

神社の掲示板は学校の黒板と同じ作りで掲示物を磁石で貼ったりチョークで連絡事項を書き込めるようにできている。

隣に座る巫女のおばあちゃんの寝息を確認して、こっそりと草履を履いて狛犬の前に行くと掲示板には小さな文字で『つらい』と書かれていた。

それは、真央の文字だった。

私と真央は高校一年生の時に同じクラスだった。真面目そうなメガネ女子。真央の第一印象はその程度だった。共通の話題も、趣味も、知人もいなかった私たちだったが、気がついた時にはクラスの誰よりもよく話し、笑いあい、いつのまにか友達だった。そんな私たちはもう半年以上口を利いていない。

それは、私がすでに推薦入試で合格しているから。

進学先が決まった私は今現在も猛勉強をしている真央に対し「受験頑張って」の一言が言えずにいた。

だって、進路決まっている人が、まだ決まっていない人を励ますって、上から目線って思われそうだし……。それに、真央だって私を避けてる気がするし。

誰に対してかわからない言い訳を心の中でぼやきながら、狛犬の頭の雪を払うと、閃《ひらめ》いた。神主さん曰く、狛犬は邪気を払う神の使いらしい。

じゃあ、私の上から目線な言葉を、実際に上の存在からの言葉ということにしてしまえば……？

私はチョークで真央の文字の横に狛犬のセリフのように吹き出しを書き、その中に『大丈夫だわん！』と書く。

さすがにどうかな……。

閃いた瞬間は天才だ！　と思ったが実際に文字にしてみると子どもじみていて自分で

もちょっとだけ引いた。私はいったいなにをしてるんだ……。

すぐに消そうとしたが、神主さんに呼ばれ社務所に戻ってお守りの在庫の確認をしているうちに掲示板のメッセージのことをすっかり忘れてしまった。

思い出したのは翌日。また神社にやってきた真央の姿を見た瞬間だった。

二礼二拍手一礼。

冬の乾いた空気に鈴の音と手を合わせる音がよく響いた。神への祈りを終え、真央はまた神社をぐるりと見回して戻っていく。

私は身を隠し社務所から様子を窺っていると、狛犬の横、掲示板へ視線を向けた真央が、ふっと口元を緩ませるのが見えた。

笑った……！

ガリッ。

私はしょうがのど飴と一緒に嬉しさを噛みしめる。真央の笑った顔を見たのは久しぶりだった。

真央が神社を去った後もずっと嬉しくて、身体がぽかぽかしていた。

「ごめんね実来ちゃん！」

「もういいって」

三学期が始まって二日が経った。

巫女のバイトを勧めてきた友人からはお詫びの品として購買部のお菓子を大量に買ってもらったので許したが（そもそも病気は仕方がないことなので怒っていない）、それでも友人の気は治まらないらしく、会うたびに一口サイズのお菓子を渡して、手を合わせてくる。まるでお供え物をもらっているようだった。

「でも、なんで学校始まったのにまだ巫女さんやってるの？　叔父さんにお願いしたんでしょ、給料なしでもいいから続けさせてって」

私は今でも、放課後と休日、神社に通い巫女のバイトを続けている。

友人の質問に、ふと教室の前方を見ると、机に並べられた問題集に向かう真央の横顔が目に止まる。私は上機嫌に友人からもらったチロルチョコを口にほうる。

「別に。神様も悪くないなって」

あの日以降も真央は度々神社にやってきては狛犬の前でネガティブな本心を綴っていた。

『不安だよ』

『自分を信じるわん！』

『逃げたい』

『ここがふんばりどころだわん！』

こんなことが真央のためになっているのかはわからない。だけどきっと、真央は神様にもすがりたくなるほどに追い込まれているのだろう。

ならば、真央の心からネガティブな気持ちがなくなるまで、真央が神社に来なくなるまで、私は神社にいて、神様のふりをしようと決めた。

それが衣装の生地が薄くて寒くても、ほかの参拝客が来なくて暇でも、私が巫女を続ける理由になった。

真央の受験当日。

早朝、私は学校ではなく慌てて神社に向かった。裏口から社務所に入り、慣れた手つきで巫女装束を身にまとう。帯を締め、拝殿の前まで走ると、昇りたての朝日が眩しい。

やばい……！

昨夜から悪い予感はしていた。近頃落ち着いていた吹雪が突然ぶり返したのだ。

幸い夜のうちに雪は止んだが神社は一面雪化粧、屋根からは雨が降っているように雪解け水がポタポタと垂れている。私は朝の冷え込みで凍った参道を転びそうになりながら走ると想像どおり、掲示板は吹きつけた雪で板面が埋もれていた。

手で雪を払っても掲示板は濡れてしまっている。チョークも積もった雪に埋もれてどこにあるのかわからない。雪を触った指の先がジンジンと痛む。

どうしよう……。

すると、鳥居の向こうに真央の姿が見え、慌てて狛犬の後ろに隠れる。こちらへ近づいてくる足音が掲示板の前で止まる。

真央は今、どう思っているだろう。

ネガティブな感情を吐き出せなくて辛いだろうか。

神様に励ましてもらえなくて寂しいだろうか。

私は寒さから無意識に白衣の中へ手を入れると、袖の中でくしゃりと硬い紙の音がした。それがはちみつのど飴の包み紙だと理解した途端、私は再び閃いた。

途端に緊張で心臓がぎゅうっと縮まる。それでも、やるしかない。

喉を絞り、声を高めにチューニング。

「……が、頑張れだわん！」

………。

え、無視？　もしかして聞こえなかった？

真央の反応がなく、私は喉を鳴らして再度チューニング。今度は神様っぽく、威厳のある低めな感じで。

「が、頑張って欲しいんだわん……」

突然、私の唸《うな》るような低い声をかき消すほどの大きな笑い声が神社中に轟《とどろ》いた。ひーひー、と苦しそうに息を整えながら真央は声を捻り出す。

「な、なにやってんの、実来……」

「ええ!?」

私は驚きのあまり、狛犬の後ろから飛び出しそうになったが寸前で足を止めた。

「わ、私は実来ではない。神様だ」

「狛犬じゃなかったの？　語尾忘れてるよ」

「……か、神様も狛犬もだいたい一緒だ、わん」

そうですか、と真央は息を大きく吐いて、いつもの調子を取り戻す。

「じゃあ聞いてよ、狛犬兼神様。そんで実来にも伝えて」

真央は物言わぬ狛犬に対し、語り出す。

「私、もともと実来に会いにこの神社に来たんだ。二学期の最後の日のこと謝りたくて。……っていうのは言い訳で、ただ実来に会いたかった。本当はずっと話したかったの。だけど実来、何も言わずに、急に進路変えたじゃん」

心臓がドクンと跳ねる。同時に真央の声が暗くなる。

「実来の将来のことだし、私がなにかを言う資格はないのはわかってるんだけど、それでもなんか裏切られた気がして。実来がそんなつもりじゃないって思っても、冷たくしちゃって……」

真央は間違っていない。私は、あえて真央に何も伝えずに進路を変更した。

半年前の私は将来についてしっかりと考えていなかった。真央や周りのみんなは大学に進学するし、両親も「大学は出ておけ」と言うから。そんな理由でなんとなく受験勉強を始めた。

だけど真央は違った。自分の目標に向かって本気で勉強に励む真央を見て、私はこのままでいいのか？　と生まれて初めてきちんと自分と向き合った。そして私は自分が本当にやりたいことに気づけた。

私は、声優になりたい。

小さい頃からアニメが好きだった。憧れの声優もいる。でも自分がなれるわけがないと思っていた。両親からも反対された。芸能の仕事は一般の仕事よりも不安定であること。なりたいからといってなれるものではないことを強く言われた。

でも、そのどれもがやりたいことを諦める理由にはならなかった。

真央に相談しなかったのは、進路を変えることで受験勉強から逃げたと思われたくなかったから。いや、それ以上に声優になるという夢を否定されるのが怖かった。

真央は人の夢を笑うような人じゃないってわかっているはずなのに……。

だけどさ、と真央は言葉を続ける。

「もう一人で受験頑張るのも限界で、都合いいけど実来に話聞いて欲しくて、巫女のバイトするって聞こえてたから神社に来て、でもいなくて。だからここに実来に話したかったこと書いたの」

私は初めてこの神社に真央が来た日を思い出していた。確かに真央は参拝を済ませた後、辺りを見渡していた。まさか私を探していたなんて。

でも待てよ、なんで掲示板に書かれた狛犬のセリフが私の仕業だって真央は知ってるんだ？

私の心にふと湧いた疑問も真央は聞こえているかのように答えた。

「見た瞬間すぐにわかったよ。実来の文字だって」

思えば、私も掲示板に書かれた文字をすぐに真央の文字だと理解していた。一緒に勉強して、ノートを見せ合っていたからすぐにわかった。

「じゃあそろそろ行くよ」

そう言って真央は狛犬に向かって二礼二拍手一礼。手を打つ音が二回、狛犬の後ろに隠れる私の耳に届く。

「受験合格しますように。……神様にお願いするより、友達に応援された方が嬉しいのにな」

宙に向かって投げられた真央の言葉は確かに私の胸に届いていた。しかし、足が動かなかった。意地、恥、戸惑い、取るに足らないそれらが重なり、私の足を動かなくしていた。

なんてね、と諦めたように言葉を置いて歩き出そうとする真央。しかし参道は凍っており、真央の踏み出した足がつるりと滑る。

「きゃ！」

短い悲鳴と傾く真央の影を見て、私はとっさに狛犬の裏から飛び出す。放り出された真央の腕を摑み上げ、真央はなんとか転倒を免れた。

「……危うく滑るところだったね」

「受験生に滑るって言うなよ……」

一瞬の沈黙ののち、どちらともなく噴き出し、次第に私と真央の笑い声は重なり合い神社中に響いた。

半年ぶりの会話。半年ぶりの真央。私は笑いながらごめん、と言って、もう一度「ごめんね」と言った。進路を変えること、相談できなくてごめんね。つらい時にそばにいなくてごめんね。受験生に滑るって言ってごめんね。空白の期間を埋めるようにごめんねと口にするたびに私の中に積もっていた意地も恥ずかしさも溶けていく。

「ちょっと、なんで泣いてんの」

え、と目尻を指でなぞると水滴の感触がして、私は慌てて白衣の袖で拭う。

「泣いてないし。そっちこそ泣いてんじゃん」

「違うよ。笑いすぎてさ」

はーおもしろ、と真央は声を震わせ、人差し指で目元を拭う。やっぱ泣いてんじゃん、と思ったが言わなかった。代わりに、ずっと言いたかったことを誰でもない、自分の言葉で伝える。

「私、声優になるから」

真央は少しだけ目を開いたが、すぐにうん、と優しく頷く。

「実来ならなれるよ」

真央の言葉が耳に届くのと同時に、温かい風が身体中を吹き抜けた。

両親を説得した。声優の専門学校への入学も決まっている。もう後には戻れないのに、本音を言うと、自分が本当に声優になれるのかずっと不安だった。だけど、真央のたった一言で、私の中のネガティブな気持ちは消え、やる気の炎が燃え上がる。

真央の言うとおり、友達から応援されるとこんなにも嬉しくて励みになるんだ。

今度こそ、私の番だ。

文字でもなく、神様でもなく、私自身の、私の声で友達に贈る私の言葉。

「真央、受験頑張って」

真央は嬉しそうに口角を上げ、今度は力強く頷いた。

「……巫女さんに言われるとなんかご利益ありそう」

「どうだろう、バイトだし」

真央は笑い、ありがとう、と呟くと神社に背を向け試験会場へと歩き出した。

頑張れ。真央なら大丈夫。

バス停

杉背よい

バス停に人影はなかった。それはこの辺りでは取り立てて珍しいことではなかった。

夏休みを利用して久しぶりに故郷に帰ってきた私は、バス停のそばに立ち、灼熱《しゃくねつ》の地面から立ち上る陽炎《かげろう》をぼんやりと眺めていた。暑さのあまり、視界がぼやけた。

「……ああ、帰って来たぁ」

田舎の、土と草の匂いが混ざり合った空気をゆるやかに吸い込む。

バスに乗り込んだときには数人いたはずの乗客が消えていたので、いつの間にか私はうたた寝していたらしい。空っぽのバスは私を降ろすと、すぐに砂煙を立てて走り出した。私は周囲の風景が懐かしくてしばらくその場に佇んでいた。お盆と正月。一年に二回の帰郷を予定していたはずが、仕事の忙しさにかまけて年一回、夏の帰郷だけが慣例になってしまっていたが、その代わり、帰郷の際には夏休みと年休を合わせ一週間ほどの休みを獲得する。

故郷を出て就職してから三年目。夏に帰郷するのもこれで三度目になる。子供の頃には当たり前だと思っていた自然豊かな夏の風景が、今はひどく懐かしかった。

佇んでいると、一台の自転車が私の前を通り過ぎて行った。ぬるい風が頬をかすめる。

――あれ？

私はかすかな違和感と、不思議な安堵感を覚えて目を細める。自転車には、短く切り揃えられた髪の、清潔な雰囲気の少年が乗っていた。

「アキ」

思わず声をかけると、突き当たりの道にある神社の前で自転車は止まった。

私の声は思ったよりも大きく、少し離れたところにいる少年にも届いたらしかった。

振り向いた少年は、やはりアキだった。私に気付くとアキは目を見張り、自転車を停めてゆっくりとこちらに近付いてきた。自転車のかごからビニール袋に入った荷物を取り出し、ゆらゆらと細い手にぶら提げている。

「久しぶり」

アキは私を見て、笑った。細い目とすんなり細い体。薄い唇は少し大きい目で、笑うと猫のような印象になる。

「一年ぶりだっけ」と微笑むアキは、まったく日に焼けていなかった。

「どうしたの？　こんなところで」

私が問うと、アキは手にしていたビニール袋を目の高さまで持ち上げた。

「……神社でお昼を食べようと思って」

「あ、ああ、そっか」

私は間抜けな返答をした。そして、久しぶりにこの土地に姿を現したのは私のほうなのに、「どうしたの？」もないものだと我ながら呆れた。

「私は夏休みで、また帰ってきたんだ」

「そうなんだ」

アキはごく自然に頷き、それ以上は何も言わなかった。アキは口数が多いほうではない。

「私も疲れたから、ちょっと帰る前に休憩しようかな」

私がそう言うとアキは穏やかに微笑み、「じゃあ一緒に来る？」と誘ってくれた。途端に私は嬉しくなる。アキが無下に断ることなどないことも心のどこかでわかっていた。

アキが少し前を歩き、私は自動販売機でサイダーを買って慌ててアキの後を追った。

バス停のある細道の突き当たりに建つ小さな神社は、とても古く、神社の関係者が外部から通ってきているらしく、社務所などはない無人のひっそりとした神社だ。ここは、子供の頃からの密かな遊び場でもあった。大人たちはほとんど足を踏み入れない、非日常的な空間だ。古い鳥居と、木製の格子に隔てられ、中に入ることのできないお社《やしろ》の奥に祀《まつ》られたお稲荷《いなり》さん――風が吹くと神社を囲む竹藪がさあっと音を立てた。

アキが神社の敷地内の階段に腰掛けて何かノートに書いたり、本を広げていたりする姿をこれまでの帰郷でも何度か見かけた。アキには神社の持つ厳《おごそ》かな雰囲気がとてもよく似合っており、のびのびと過ごしている彼を見るのが好きだった。

その日、神社の入り口にはロープが張られていて、一見、立ち入りを禁じられているかのように見えた。

「え、ここ入っていいのかな」

昨年の夏、帰郷したときにはこんなものはなかったはずだ。

「またげば大丈夫。静かだし、涼しいよ」

アキはそう言うと、ひょいと飛ぶようにロープを越えて神社の鳥居の中に吸い込まれた。石造りの鳥居の周囲は草に覆われている。私も慌てて後を追った。身軽なアキと違って私の体は重く、小走りになると汗がしたたり落ちた。

アキはお社の石段の下に腰を下ろし、持っていた菓子パンの袋を開けていた。アキの動作は、この年頃の男の子に似合わず綺麗で、私はいつの間にかぼんやりと見とれてしまっていた。隣に腰掛け、サイダーのペットボトルを開けると、ぷしゅっと音を立てた。渇いた喉に染みわたるように美味しかった。

「……食べる？」

私の顔を覗き込むようにアキに言われて、慌てて断った。

「これから家に帰って、食事をすると思うから」

答えながら、実家の台所の様子を想像していた。久しぶりに会う母が、私の好物をあれこれ拵《こしら》えてくれているに違いない。きっと食べきれないほどの量だ。帰省するたびに繰り返される慣例だった。

「そうだよね」

アキはまた私の言葉を受け止めるように静かに頷いて、パンを食べ始めた。上品な食べ方ではあったが、かなり空腹であるように見えた。私はふと、家へ誘おうかと思ったけれど、アキが控えめに微笑んで「僕はいいよ」と断るような気がして直前に言葉を飲み込んだ。

アキが食事をする間、私たちはぽつぽつと話をした。私の仕事の話や、一人暮らしの部屋の様子、友達の話などを。

私の住んでいる東京のアパートはとても狭かった。生活しにくくなるので物はできるだけ増やしたくないのに、仕事でストレスがたまると手芸の道具を買ってしまう。その結果、大量の布やリボン、ボタンなどが部屋に溢れている。それを聞くとアキは笑った。

「ストレス発散に手芸の道具を買うのって、何だか面白いね」

アキの反応が呼び水になり、私は自然と仕事の話を始めた。

「私ね、なかなか仕事が覚えられなくて……最近になってやっと先輩に言われたことが腑に落ちたって言うか、それまで自分ではわかってると思っていたんだけど、本当のところは理解できてなかったんだなぁって、情けなくなっちゃった。だって三年だよ？　三年も同じ仕事をしているのに」

話しているうちに自嘲的な口調になったが、アキは変わらず静かに相槌を打ちながら聞いてくれていた。

「三年は長くないよ。あっという間なんじゃない？」

アキはにこっと笑ってそう言った。その屈託のない笑顔に、私ははからずもドキッとさせられた。普段は年齢に不似合いな落ち着きがあるのに、時折無邪気に戻る。

「一生懸命仕事をしてれば余計にそうだと思う。頑張ってるってことでしょ」

かと思えば、やはり大人びたことを言う。アキは不思議な少年だ。

「……ありがとう」

私は少し気が楽になった。東京での仕事は逃げ出したいほど大変ではないが、上司の求めにすんなり応えることができない自分がたびたび嫌になる。大人の私が仕事の愚痴をこぼすことをアキはどう思っているのだろう。かっこいい大人とは言えない。そう思ったが、大らかに聞いてくれるアキの雰囲気に救われていた。

「アキはどうしてたの？」

私は話題を変えた。せっかくの故郷の景色と、アキとの会話が愚痴で塗り替えられるのは避けたかった。年に一回、土日を合わせて一週間近い貴重な夏休みの滞在だ。

「僕はいつもと同じだよ」

アキは少し首をかしげると、パンの袋をビニール袋にきちんとしまって、話し出した。

「自転車であちこち回って、今日は海鵜《うみう》を見に行ってきた」

「海鵜？」

くり返す私に、アキは頷く。「ここから自転車で二十分ぐらいの海岸の岩場に、海鵜が集まる場所があるんだ」と嬉しそうに続けた。

「へぇ……知らなかった。この町で生まれ育ったのに」

「今日はいなかったよ。いつも集まるわけじゃないんだ。夕暮れ時には見かけることが多いけど……別の岩場にいるのかもしれない」

私は楽しそうに話すアキの顔を見つめていた。穏やかなアキの声がわずかに高揚している。海鵜のことが、よほど好きなのだろう。

アキの話は、先日の台風のときの高波とか、ふいの夕立とか、自然の話が多かった。アキは、いつも一人で散歩したり、自転車に乗ったりすることを好んでいた。三日月のような細い目に、海の景色や自然を焼き付けているみたいに。

話しているうちに、私の額に流れていた汗もいつしか乾いていた。木々の間を風が抜け、アキの髪を揺らした。

「あのさ、アキ」

ん？　と言葉には出さないがアキが私の目を覗き込み、続きを促した。

「どうして私の話を聞いてくれるの？」

アキは少し考えるように黙り、顔を上げると簡潔に言った。

「たまにしか会えないけど、大事な友達だから」

私はアキの言葉を聞いて、手で顔を覆った。そうせずにはいられなかった。体をかがめ、どこかが痛むわけでもないのに両手で自分の体を支える。

「今年もまた、会えるかなと思ってた」

アキの言い方は、どことなくしんみりしていた。急に私は目の前が暗くなり、電話の着信音が耳に蘇ってきた。

この夏の帰郷直前に、電話があった。相手は母からだった。「何か東京で買ってきて欲しいものある？」と尋ねると、「なんにもいらないから気をつけて帰ってきなさい」と言う。電話での用事は特になく、声が聞きたかったからだと母は笑った。実家に帰るまでのこんなやり取りも決まりごとになっていた。

「そうそう、バス停の近くのお稲荷さん、取り壊しになるんだって」

母の話題はさり気なく変わったが、私は思わず声を上げた。

「何で⁉　そんなことしてバチが当たらないの？」

何をそんなに慌てているのか、と母は不思議がる。

母の話ではあの神社は老朽化が進み、石造の鳥居が崩れそうだと地域では心配の種だったらしい。手入れをする神主さんも高齢になり、さらに遠方に住む関係者が管理をすることになるとの話だ。

「ほら、ここのところ地震も多いしね。取り壊すって言っても、新しく建て直すわけだし、神様も喜ぶんじゃないかしら」

母の明るい声をよそに、私は震える手で電話を切った。神社が取り壊される。その事実が頭から離れなかった。


じわじわと暑い空気の中に、一筋の夕方の涼風が交じるのを感じ、私は立ち上がった。

「そろそろ帰るね」

立ち上がって歩き出した私の後ろをアキがゆっくりとついてきた。そして、神社の入り口まで来ると、アキは突然歩みを止めた。

「アキ」

呼びかけても、アキは小さく手を振るだけで、神社のロープから外側へは出ようとしない。泣きだしそうになり、「アキ」と名前をくり返し呼ぶ私を、アキは何故か老成した目で見つめていた。静かな表情だった。

アキは笑顔のまま、手で私に「行け」と合図した。私はとてつもなく悲しくなった。大声で泣き叫びたい衝動をこらえた。しかしそれは、彼の姿を見た瞬間からわかっていたことだった。

「アキ、一緒に帰ろうよ」

アキは静かに微笑むだけで歩みを進めようとはしなかった。私だけが声を枯らし、アキの名を呼び続けているのだった。私の声は虚しく響いた。

アキは、私が中学生のときの同級生だった。そう、彼は少年の姿だが、現在二十五歳の私と同い年のはずなのだ。

中学三年生の夏休み、アキは突然姿を消した。当然のことながら、学校もアキの家でも大騒ぎとなり、地域を挙げて捜索したが、アキは見つからなかった。アキはいたって真面目な生徒で、夜遊びに出るようなことはなかったし、いつも一人で行動していた。

アキは自転車で出かけると家の人に言い残し、夜になっても戻らなかった。アキと自転車だけ忽然《こつぜん》と消えてしまったのだ。

　私は中学二年のときだけアキと一緒のクラスだった。当時の彼とは長い会話をした記憶がほとんどない。アキは、一人静かに本を読んだり、ノートに何かを書いたりして過ごしている印象があり、皆気安く声をかけられなかった。けれどもアキは嫌われているわけではなく、クラスの誰に対しても優しく、丁寧に接していた。アキと、彼を取り巻く雰囲気に皆、どこか憧れていた。

　最初はアキがひょっこり戻って来るのではないかと思っていた。彼がいなくなったことに現実味がなかった。

「自転車で思ったより遠出してしまって」

　などと微笑みながら帰って来る可能性を信じていた。しかし、アキが不在のまま日常は続き、中学三年生の私たちはそれぞれの将来のための準備に追われていった。

　その後も捜索は続いたが、何の手がかりも見つからないまま時だけが流れた。私は高校に進学し、少し家から離れた大学に進学し、東京で就職した。正月とお盆だけしか帰れない。ほとんど東京に住む人間に、私はなっていた。

　三年前の夏、ふいにアキはバス停に現れた。初めてアキを見たときには、目を疑った。

「大石《おおいし》くん⁉」

思わず大きな声を出した私を、アキはまじまじと見つめたが、すぐに微笑んだ。

「佐藤《さとう》さん……佐藤、麻由利《まゆり》さんだよね？」

アキの声は、細くてやわらかだった。中学生の頃、気が付けばいつも視線で追っていた彼が、私の名前を覚えていてくれた。それほど存在感があるとは言えない私のことを。

アキと出会った最初の年、私は実家に滞在する間、アキを探して歩き回った。

そして辿り着いた神社で、アキが長い足を投げ出して図鑑を読んでいるのを見つけた。

「こんにちは」

初めて会った人に言うように、礼儀正しくアキは言うのだった。アキの姿を見かけるとホッとした。夏休み、実家に滞在する間だけ会うことができて、気付けば姿を消している――大人になってから再会したアキとは、そんな交流をした。

「八月も半分が過ぎるね」

アキはそう言って目を細める。半袖のシャツに日に焼けていない肌は、初夏を連想させた。アキは、夏休みの初めにいなくなってすぐ――。考えかけて、私はやめた。目の前のアキの笑顔が、すべてだった。

失踪する直前のアキに一度だけ、神社で出くわしたことがある。アキはうつむいて神社の石段に座っていた。私は塾へ行こうと急いでいて、普段なら誰かいるな、という程度で通過していたはずだった。しかし、私は立ち止まった。アキは気付いて顔を上げた。

「あ、ええと……同じ学年の」

アキは気遣うように言い、私は「佐藤麻由利、三組」とぎこちなく返した。

「佐藤さん、二年のとき一緒のクラスだったよね。夏休みの自由課題……すごくうまかった」

「え……」

私は夏休みの宿題でパッチワークのテーブルクロスを作った。手芸を提出したのも、テーブルクロスという中学生らしくないものに挑んだのも私だけで、浮いている気がして後悔していた。

「あれ、時間かかったよね。縫い目も綺麗だし、すごいと思った」

アキは目を輝かせて褒めてくれた。私はただ嬉しくて頭がぼーっとした。誰も褒めてくれなかった課題を褒めてくれた。緊張したが、勇気を振り絞って私は口を開いた。

「……私、将来手芸とか、そういう関係の道に進みたくて」

誰にも言えなかったことをアキに打ち明けた。するとアキは笑顔で「すごくいいね」と答えてくれたのだ――。

「佐藤さんに向いてると思う」アキがかけてくれたその言葉を胸の中でずっと反芻《はんすう》した。

あのときが、二人で言葉を交わす最後になるとわかっていたら、私にはもっとほかに何かかけるべき言葉があったかもしれない——後で何度もそう思い返した。

その後、大人になった私はアキに再会できた嬉しさに胸が躍ったが、すぐに複雑な気持ちになった。アキが当時の姿のままであるということは、既に彼がこの世にいないことの証ではないかと思ったのだ。

「久しぶり、変わらないね」

大人になった私は第一声、つとめて平静を装って話しかけた。すると、アキは微笑んで答えた。

「佐藤さんも、あんまり変わってないかな……あ、いい意味で」

アキが言葉を選んでいるのがわかった。不思議と怖いとは思わなかった。何故会話ができるのだろうか、とか、私以外の人にも会っているのだろうかとか、そういう疑問も吹き飛んでしまうほど、アキは自然な態度で目の前に立っていた。

「アキ、でいいよ。友達はそう呼ぶから」

私は恐々「アキ」と呼んだ。中学生の頃には呼べなかったのに、大人になってから自然と名前を呼べるようになるなんて皮肉なものだ——そう思いながらもアキと神社で話すことは楽しかった。

アキがノートに書いていたのは、自然観察に出かけてあちこちで見た植物や鳥、天体に関する記録だということも、再会してからわかったことだった。

「すごいんだよ。季節や天気によって変わるし、毎日同じってことがないんだ」

嬉しそうに語るアキを見て、もっと早く話していたら何かが変わっていたのかもしれないなどと考える。後悔しながらも、アキから知らない情報を教えてもらうことは楽しかった。

「佐藤さんは、何が好きなの？」

真っすぐな目でアキは私を見つめた。

「やっぱり今も、パッチワークが好きだよ」

あの日偶然神社で出会ったアキに打ち明けて以来、大人になっても本当に好きな物の話は誰にもできずにいた。余った端切れでパッチワークをすることが好きだったが、周りに同じ趣味の人がおらず、敢えて自分から話すことはなかった。

「布と針で縫物をしてると落ち着くんだ。本当は手芸に関係する仕事に転職したいんだよね。難しいと思うけど、自分で作った作品も売ってみたくて」

アキはじっと私を見つめた後、「とってもいいと思う」と言った。あの日、中学三年生の私にかけてくれたのと同じ、澄んだ声だった。その答えに対して、私は何も返すことができなかった。「ありがとう」と言うのも傲慢な気がしていた。こんなに平凡な私に将来があるのに——そこまで考えて、急に言葉に詰まった。アキは、中学の頃も今も、続いていくと疑わなかった将来が突然途絶えたのだ。突然その残酷な現実に気付いてしまった。

三度目の帰郷になる夏。母の電話を受けてから、故郷に帰るのが怖くなった。神社が取り壊される。建て直されるというけれど、アキにはまた会えるのだろうか。ひょっとしたらこの帰郷を最後に——そう思うと、心臓がきゅっと縮み上がった。

「もう会えないの？」「今年で最後なの？」「神社がなくなったらアキは、どこに行くの？」聞いてみたい質問が頭の中でぐるぐる渦巻いていた。駄々をこねる子供のように私はもう一度だけ「アキ」と呼んだ。

するとロープから離れた場所でアキが手を振った。声には出さずに、アキの唇が動く。

「大丈夫」

アキは微笑んで、「前に進んで」と言うように人差し指で私の帰るべき方向を指す。

私にはわかってしまった。たぶん、これがアキと会える最後なのだ。

「アキ。私ね。ずっとやりたいことがあるのにいろいろ理由つけてやろうとしなかった。でも、やってみるよ。失敗するかもしれないけど、好きな仕事に挑戦してみる。笑われるかもしれないし、落ち込むかもしれないけど、ぶつかってみる」

一息に言った私を見て、アキは頷いた。私よりもずっと聡明で、穏やかな彼に私なりにもがきながらも進む姿を見てほしかった。涙が一筋、目尻から伝い落ちた。

最後の最後に私にできることはそれだとわかった。伝い落ちた涙が風に乾いていく。

「いろいろありがとう。行くね」

私は覚悟を決めて、一人でロープを飛び越えた。今度は体が軽く、一瞬だけ自分が少女の頃に戻ったような気がした。本当にほんの一瞬だけ。でもきっとそれは、錯覚だ。

歩き出して振り向くと、もう神社にアキの姿はなかった。

――私、アキのことが好きだったんだよ。三年間、ずっと。

そんなふうに告げたなら、アキは困ったように微笑んだだろうか。もう一度バスを降りて、夏休みの帰郷をやり直せたら――。アキと最初に出会った夏の日に戻れないだろうか。自転車が走ってきて、再びアキがいて――私は後ろ髪を引かれたが、心を決めるともう振り向かずに家へと続く脇道に入り歩き出した。

「大丈夫だよね」

呟いた声は思いのほかしっかりと響いた。小走りで、私は母の待つ家へと急いだ。

鎮守の森のあふちの実

一色美雨季

真っ先に頭を下げたのは、義母だった。

義母は目を真っ赤にして「ごめんなさいね」と千佳《ちか》に言った。続いて義父が「申し訳ない」と頭を下げた。

けれど、悪いのは義父母ではない。だから千佳は、「お義父さんとお義母さんは悪くないです」と首を横に振る。そして夫の智久《ともひさ》の顔をじっと見る。

千佳と智久の間にはスマホが置かれていた。智久はそのスマホに視線を落としたまま、叱られた子供のように口をへの字に曲げていた。

「……ごめん。もうしないから」

ようやく聞けた謝罪らしき言葉に、千佳は深く嘆息する。智久がたいして反省していないことは、その表情や声音から容易に察することができる。

それでも千佳は許さなければならない。智久は、お腹の中にいる子供の、たった一人の父親だから。

智久の様子がおかしいと感じたのは、今から一週間前のことだった。千佳のSNSに送られてきた智久からのメッセージに、『真美子《まみこ》』と見知らぬ女性の名前があったのだ。

智久が送信先を間違えたことは明白だった。その真美子あてに書かれた言葉を見た途端、千佳は震えた。『会いたい』『話したい』『抱きしめたい』。かつて恋人だった頃の千佳に対して囁いていた言葉を、智久は見知らぬ女に対して投げかけていた。

「これはなに？」

問いただす千佳に、けれど智久は「なんだったっけ」「酔ってたのかな」と笑いながらはぐらかした。まるでそうすることが正しい解決法であると言わんばかりに。

疑惑は俄に確信へと変化し、千佳はもう智久の元にはいられないと思った。けれど、お腹の中には智久の子供がいる。この先どうすればいいのか分からないまま悶々と数日を過ごし、意を決して同居中の義両親に相談したのは、今から三時間前のことだった。

もし義両親が千佳の言葉を疑ったり、智久の味方をした場合は、千佳は迷わず智久と別れようと思っていた。しかし義両親は即座に智久に詰問した。そして本人の口から『浮気未遂』という言葉を引き出し、息子の不始末は親の不始末と言わんばかりに、千佳に頭を下げたのだ。

智久と真美子はSNS上で知り合ったらしい。顔を合わせたことはないが、共通の趣味などの話が合い、気が付いた時にはこのような会話が始まった。いわば『ごっこ遊び』のようなもので、だからこれは浮気ではなく『浮気未遂』だと智久は主張する。

「正直に言うと、あわよくばって気持ちがなかったわけじゃない。浮気に対する好奇心と言うか、人生で一度くらい『遊び』として経験してみてもいいんじゃないかなって。

でも、もう目が覚めた。家族が一番大切だから、二度とこんなことはしない」

智久の言葉は真摯だが、どこか不貞腐れた表情が言葉の重みを裏切っている。きっと智久は罪悪感など持っていない。

胸の奥に渦巻く黒い感情を、千佳は唇を引き結ぶことでギュッと押し込める。遊びだから許されるわけじゃない。家族を一番にしているからいいわけじゃない。けれどそれを言ったところで、この悔しさはきっと智久には届かない。

智久は千佳だけを裏切ったのではない。千佳のお腹の中にいる、この小さな命をも裏切ったのだと理解していないのだから。

§

智久の謝罪から一週間が経った。千佳の心にはいまだ黒い感情が燻っており、心許ない不安定さを保っている。このまま家族を続けるべきなのか、それともこんな子供じみた考えの男に見切りをつけるべきなのか結論が出ない。

しかし、智久はそれに気付いていない。謝罪したから、この件は終わりになったのだと思っているのだろう。今日ものんきに「千佳、買い物に行くの？　俺も一緒に行くよ」

と、近所のスーパーへ行こうとする千佳についてこようとする。

顔も見たくないから来ないで、と千佳は言いたかったが、それをぐっと堪える。家族を続ける可能性を残すのであれば、今はそれを言うべきではない。これは女としての打算ではない。母親としてのお腹の子に対する思いからだ。

特に会話らしい会話もないまま買い物を終え、本当なら買う必要のなかった醬油や味醂の徳用ボトルを嫌がらせのごとく購入し、智久に持たせて帰路に就く。

初冬とは思えぬほど暖かな午後だった。すれ違う近所の人と挨拶をする。重たい買い物袋を持つ夫と、大きなお腹の妻。傍から見れば微笑ましい光景だろう。もしかしたら、これからずっとこんなふうに仮面夫婦を続けていくのかもしれないと千佳は思う。

「久しぶりに神社に寄って行かない？」

不意に智久が言う。そういえば、結婚当初は二人でよく散歩に来ていた。きっと千佳の機嫌を取っているつもりなのだろう。「嫌だ」と言うのも面倒くさいので、こくんと首を縦に振る。どうせ今日は日曜日。家という狭い空間で智久と同じ空気を吸わなければならないのなら、神聖な場所にいた方が心身のためにいい。

神社は大通りから一本入った住宅街の中にぽつんとあった。観光名所になるような大きな神社ではなく、いわゆる『村の鎮守』といった言葉がよく似合うこぢんまりとした神社だ。もしこのまま智久と別れなければ、お腹の子のお宮参りは、きっとここですることになる。

千佳は紙垂《しで》の揺れるしめ縄を見上げる。正しい未来の選択肢が分からない。分からない。分からない。――ああ、どうか早く自分の気持ちに決着がつきますように。

願いを込めて、千佳は拝殿に向かって柏手を打つ。

千佳と同時に柏手を打ち終えた智久が、何を思ったのか「鎮守の森を歩こうか」と言い出した。鎮守の森とは、この拝殿の向こうにある本殿を囲むように配置された社叢のことで、森と呼ぶにはこぢんまりしているが、のんびり散歩するにはいい場所だ。

先を歩く智久の影を踏むように、千佳はゆっくりとついて行く。

二人の間に会話はないが、そういえば智久の歩く速度がいつもより遅いような気がする。もしかして千佳を気遣い、歩調を合わせているのだろうか。いつもは鈍感なくせに、もしかしたら先日の義両親のお説教が効いてきているのかもしれない。

もうすぐ三十になるというのに、智久はどこか子供っぽさの抜けない男だ。好奇心旺盛で誰とでも打ち解ける性格なのはいいが、夫や父親としての自覚が薄くて、ともすれば家族を蔑ろにしてしまう時がある。それは義両親も感じているようで、「生まれてかららずっと親元にいたのがいけなかった。一度自活させる必要があったのかもしれない」

とこぼすことがある。

根が悪い人間でないことは千佳も分かっている。あの『浮気未遂』だって、千佳を傷つける考えなど毛頭なく、本当に『ごっこ遊び』のつもりでいたのだろう。でも、それではダメなのだ。もっと家族として信頼に値する人間になってもらわねば。

「あ」

急に智久が足を止めた。智久の視線の先には、小さな女の子がいる。小学校低学年くらいだろうか。うずくまって何かを探しているようだ。

別段問題ないと思ったのだろう、智久はそのまま行こうとするが、千佳は女の子が気になった。思わず立ち止まり、「どうしたの？」と声をかける。

「『あふちの実』を探しています」

舌足らずな幼い声で、女の子は言った。しかし『あふちの実』とは聞いたことのない言葉だ。千佳が小首を傾げると、智久が振り返りながら「栴檀《せんだん》の実の古い言い方だよ」と言った。

「ここの鎮守の森で栴檀の実を見つけると、会いたい人に会えるって古い言い伝えがあるんだ」

曰く、この鎮守の森に栴檀の木は生えておらず、その実を見つけるには、野鳥がどこからか運んでくるしかない。その確率は奇跡に近く、ゆえにその実を見つけることができれば、神様の力を借りて会えない人にも会うことが叶うということらしい。

「どうしても会いたい人がいるんです」

女の子は言いながら、地面に視線を落とした。きっと千佳たちと話をしている時間も勿体ないのだろう。どのくらい探していたのか、女の子の鼻も、指先も、寒さで真っ赤になっている。

「……よかったら、お兄ちゃんも手伝おうか？」

突然の智久の言葉に、女の子はバッと顔を上げた。

「いいんですか？」

「うん。でも、買い物帰りだから長い時間は無理だけどね」

この男はなにを言っているのだろうか、と千佳は思った。いつもの子供じみた好奇心が顔をのぞかせたのだろうが、今はお腹の大きな千佳も一緒なのだ。比較的暖かな日和であるとはいえ、この時季に妊婦を寒空の下に放っておくつもりなのか。

千佳は考えた。妊婦である自分は、とてもじゃないが木の実探しなんて手伝えない。智久を置いて先に帰るべきか。しかし醬油や味醂の徳用ボトルはどうする？　智久と一緒に置いて帰ればいいのは分かっているが、智久がきちんと持ち帰ってくれるとは限らない。そういう点において、この男は信用ならない。だいたい、成人男性と見知らぬ幼い女の子を、こんな人気のない場所にふたりきりにしていいものなのだろうか。もし智久に変質者の噂でも立てば、千佳も、義両親も、お腹の子も、きっとこの土地で暮らしていけなくなる。いや、智久と別れるのなら、もはや千佳とお腹の子には関係ないことだ。けれど義両親に迷惑はかけたくない。それなら……それなら……。

——仕方がない。

千佳は小さく嘆息し、大樹の横に設えられたベンチに腰を下ろした。

使い捨てカイロを持ってきてよかったと千佳は思う。とにかく体を冷やしたくない。限界が近くなったら、智久に声をかけて帰ろう。女の子には長い時間は無理と事前に言ってあるのだから、特に問題はないだろう。

智久を待つ間、千佳はスマホを取り出し、『あふちの実』を画像検索した。

紫色の栴檀の花がつける楕円形の実。ふたりが探しているのは野鳥が運んできたものだから、きっと果肉は食べられてなくなっており、核の部分だけになったものだろう。核はラグビーボールのような形をしていて、縦に数本の溝が入っている。輪切りにしたら星のような形になるのではないだろうか。奇妙で愛らしい形。そういえば、雑貨屋で見たトルコビーズにこんな形のものがあったなと千佳は思う。

やることのない千佳は、ぼんやりとふたりを眺める。

あふちの実を探しながら、ふたりはまるで旧知の仲のように会話している。女の子はリンちゃんという名前らしい。智久がやたらと話しかけるせいか、先ほどの切羽詰まった感じが薄れている。智久の無駄なコミュニケーション能力の高さゆえか、知らない人間の目には、きっと遊んでいるようにしか見えないだろう。

――もし子供が生まれたら、智久はこんなふうに休日を過ごすのだろうか。

ふと、そんなことを考える。

別れなかった場合の未来。きっと智久は、全力で子供と遊ぶタイプの父親になるだろう。そして子供は、そんな父親が大好きになる。予感ではなく、これは確信だ。実際、千佳だってそんな智久が好きだったのだから。

けれど智久はどうだろうか。

暗い考えが千佳の頭をよぎる。今回のことは『浮気未遂』で、一番大切なのは家族だと言っていたけど、いつ智久の一番が逆転するかは分からない。子供と全力で遊びながら、千佳と夫婦を続けながら、けれど心の中では、別の女を一番と考える日が来るのではないだろうか。

深いため息がこぼれる。もし『あふちの実』を見つけることができたのなら、千佳は未来の自分に会いたいと思う。そして問いただしたい。なにが正しいのかを。そして、どうすればみんなが幸せになれるのかを。

「……あ」

不意に冷たい風が吹いた。そろそろ限界かもしれない。

千佳は智久に声をかけようとした。――その時。

「リンちゃん！　リンちゃん！」

大きな声をあげながら、六十代と思われる女性がやってきた。リンちゃんの方も「おばあちゃん！」と言いながら駆け寄っていく。どうやら女性は、帰りが遅い孫を心配して迎えに来たらしい。

「まぁま、こんなに鼻を真っ赤にして。風邪が治ったばかりなんだから、すぐに帰ってきなさいって言ったでしょう？　こんなところで、いったいなにを……」

言いかけて、女性の視線が智久に留まった。その目が不穏な色に変わるのを、千佳は見逃さなかった。

慌てて飛び出し、「リンちゃんのおばあさんですか？」と声をかける。

「リンちゃんがひとりで遊んでいたので、危ないと思って夫とふたりで声をかけたんです。お迎えに来ていただいてよかったです」

嘘も方便とは、まさにこのことだ。

女性は千佳のお腹に視線を落とした。そして頰を緩ませ、「お体が大変な時に、ご親切にありがとうございます」と頭を下げた。

「いい方たちに遊んでいただいてよかったわねえ、リンちゃん」

千佳は内心安堵した。やはり残っていて正解だった。不審者案件にならなかったことを智久に感謝してほしいくらいだ。

ようやくこれで暖かい場所に行ける、と千佳は思ったが、リンちゃんはつま先で地面をじりじりと掘りながら、なかなか動こうとしない。不審に思った女性が「どうしたの？」とリンちゃんの顔を覗き込む。

「もうちょっと、鎮守の森にいたい」

「どうして？」

「『あふちの実』を見つけて、パパに会いたいから」

その瞬間、女性の表情が変化した。リンちゃんの腕を引っ張り、「わがまま言わないの。帰りますよ」と強引に連れ帰ろうとする。

「でも、リン、パパに会いたい」

「ダメよ。もう二度と会えないって、何度もお話したでしょう？」

もしかして亡くなったのだろうか、と千佳は思った。それは智久も同じだったようで、憐れむような視線をリンちゃんに向けている。

けれど、それは千佳たちの勘違いだった。何度もリンちゃんの腕を引っ張った後、やがて根負けするように女性は言った。

「『あふちの実』があっても、絶対に会うことはできないの。そういう約束になってるの。パパは、リンちゃんの知らない女の人のところに行ってしまったから」

――つまり、それは。

ふたりの絶句に、リンちゃんの「会いたい！　会いたい！　会いたい！」という悲鳴のような泣き声が重なった。「ダメよ」と言う女性もまた、涙目になっていた。

「リンちゃんがパパに会いたいって言うと、おばあちゃんも悲しくなるけど、ママはもっと悲しい気持ちになるの。だから、もうそんなわがままを言わないで。リンちゃんはパパのことが好きだけど、ママのことだって好きでしょう？　だったら、いなくなったパパよりも、ずっと一緒にいてくれるママのことを大切にしてあげて。ママを悲しませないために、パパに会いたい気持ちを我慢して」

こんな小さな子供に、親を恋しがるなというのは土台無理な話だ。

それでもリンちゃんは頷いた。

砂まみれの手で涙をぬぐいながら。

小さな肩を震わせて。

ママのために、もうわがまま言わない、と。

「……妊婦さんにこんな話を聞かせてしまって、ごめんなさいね」

女性は、千佳に深々と頭を下げた。千佳は首を横に振る。そうするのが精いっぱいだった。

お腹をさすりながら、千佳はじっとリンちゃんを見つめる。あふれだす感情を抑え込もうとする小さな姿が、お腹の子とリンクしているような錯覚に陥る。

「孫が泣くたびに、娘も泣くんです。『離婚することが正解だったのかどうか分からない。リンのために我慢すればよかったのかもしれない』って。でもね、心が離れてしまった亭主と一緒に暮らすなんて、結局つらいだけだと思うんですよ。それに、こうなってしまったら、もう正解なんてないんです。なにをどう選択したって、娘と孫が傷ついたという事実だけは、死んだって帳消しにすることができないんですから」

言いながら、女性は足を踏み出した。そして急に智久の前で立ち止まると、真剣なまなざしで智久の顔を覗き込んだ。

「袖振り合うも他生の縁だと思って聞いてくださいね。『どうか奥さんとお子さんを大切になさってください』『幸せにしてあげてください』『自分が楽しければそれでいいという考えは、結局不幸の始まりになるんですよ』

「あ、あの……」

「ごめんなさいね。これ、娘婿に言ってやりたかった言葉なんです。言えずじまいの言葉を初めて会った他人様にぶつけるなんて、私も失礼なおばあさんですね」

うふふ、と申し訳なさそうに笑い、女性は泣き止んだリンちゃんと帰っていった。

千佳と智久は、呆然とその後ろ姿を見送った。見えないなにかに叱咤されたような、そんな奇妙な気持ちでいた。

気が付けば、陽が斜めに傾いている。それでも動けずにいるのは、まだ心の整理がつかないからだ。

「……私、リンちゃんのお母さんの気持ちが分かるよ」

ようやく口にした言葉に、智久は驚いたように目を見開いた。

「いや、まって、だって俺のは『浮気未遂』であって、家族を捨てて浮気相手のところに行ったわけじゃないし」

「そんなの関係ない。たとえ未遂だったとしても、その瞬間だけは私のことなんて頭になかったことに変わりはないでしょう？　……それに」

言いながら、千佳はそっとお腹をさすった。「この子だって、きっとリンちゃんの気持ちが分かるって言うと思うよ」

そうだ、どうして今まで気付かなかったのだろう。千佳はずっと先のことばかり考えていた。けれどお腹の子は、今現在、きっと千佳のお腹の中で泣いている。父親に蔑ろにされたと悲しんでいる。

智久は困惑の表情を見せ、「俺のこと、許してくれたんじゃなかったの？」と聞く。

「こんなゴタゴタは早く終わらせたかったから、許したふりをしただけ。本当はなにも終わってない。私、今でも迷ってる。リンちゃんのお母さんと同じ選択をした方がいいんじゃないかって」

そんな、と智久は顔をひきつらせた。

こんなに情けない智久の顔は初めて見たな、と千佳は思う。でも、可哀そうだなんて思わない。これが真実なのだ。

「私が泣かなかったのは、家族の形を壊さないように我慢しただけ。本当は悔しかった。智久が真剣に謝ってくれなかったことも。私の悔しさに智久が気付いてくれなかったことも。……ねえ、私たち、本当に家族を続けてていいのかな。こんな私たちのところに生まれてくる子供は、幸せになれるのかな」

智久は小さく呻き、苦悶の表情を見せた。眉根を寄せ、歯を食いしばりながら。

千佳は、心の中に燻っていた黒い感情が、僅かに晴れていくのを感じた。――そう、千佳は智久のこんな顔が見たかったのだ。悩んで、苦しんで、どうすれば家族に贖罪《しょくざい》できるかを考える、真剣な智久の姿を見たかったのだ。

「ねえ、とりあえず帰ろうよ。私、本当に体が冷えてきたみたい」

千佳の言葉に、智久はハッとして顔を上げた。ベンチの上に置いた買い物袋を持ち、千佳をエスコートするように歩き出そうとする。

――と、その時。

ふたりの間を割るように、空からなにかが落ちてきた。白いもの。小さなもの。重なった落ち葉の上に落下したそれは。

「『あふちの実』？」

思わずふたりは頭上を仰ぎ見た。

しかし野鳥の姿はない。鳴き声も聞こえない。では、どこから落ちてきたというのだろうか。まさか……。

「……ねえ、この『あふちの実』、私に頂戴」

「いいけど、誰か会いたい人がいるの？」

「真美子」

え！　と慌てふためく智久に「嘘よ」と笑って、千佳はポケットに『あふちの実』をおさめる。

「真美子がどんな女か見てみたいって気持ちがないわけじゃないけど、それ以上に、私、お腹の中の赤ちゃんに会いたいの。だから、お守りにするわ。きっとこれは、神様がくれたものだもの」

不思議な巡り合わせの日だと思った。リンちゃんたちに出会えたことも、この『あふちの実』を拾ったことも。

智久とは、もっと、ちゃんと、ゆっくりと話し合おうと思う。

お互いに我慢するのではなく、我慢させるのではなく、今後どうすればみんなが幸せになれるのかを、真剣に。

もうすぐ生まれてくる我が子を、笑顔で迎え入れる日のために。

神出ボーイミーツ鬼没ガール

嶋見すた

僕はキッチンでアスパラを切っていた。

カウンターの向こうではリビングの床にあぐらをかいた息子が、食い入るようにタブレットを見つめている。最近の八歳はみんな動画サイトに夢中だ。

「夕ご飯はアスパラの肉巻き？　お弁当のおかずみたいだね」

ふいにカウンターの下から、ぬっと顔がせり上がってきた。

「うわぁ」

僕は仰天《ぎょうてん》し、情けない悲鳴を上げる。

「ひどいなあ。愛する妻が茶目っ気を見せたのに、幽霊でも見たような顔をして」

風子《ふうこ》は驚いた僕を見て、にやにやと笑っている。

「当然だろ。神出鬼没《しんしゅつきぼつ》ガールは死んだんだから」

僕はずれた眼鏡の位置を直し、むっとして妻をにらんだ。

「もしかして、明日は颯《そう》ちゃんの遠足？　きみは立派なお父さんだねえ」

「そう思うなら、包丁を使っているときに神出鬼没はやめてくれ」

「でもわたし、あの日からずっと家にいるよ。神出鬼没じゃないよ」

いまはそうでも、風子はこれまでずっと神出鬼没だった。

どこからともなく現れて、目を離すとすぐにいなくなる。

初めて出会ったときから「あの日」まで、風子はずっと神出鬼没だった。

＊

僕が八歳の夏、一度も会ったことのない父方の祖父が亡くなった。

当時の僕は図鑑を読むのが好きな眼鏡の少年で、葬儀に出席する両親に連れられて初めて田舎に帰省した。

見渡す限りの山林と畑。東京生まれの僕はビルもコンビニもない環境にわくわくしつつも、重々しい空気を読んで探検に行きたいとは言いだせなかった。

しばらく畳の上でじっとしていると、親戚らしき赤ら顔の老人が言う。

「立博《たつひろ》が退屈しとるみたいやけん、おめぇらどっか連れてったれ」

その辺にいた子どもに命じたようで、僕のところへひとりの少年がやってきた。

ついてこいと少年に引っ張られ、一緒に外へ駆けていく。

田んぼの間を縫うように走っていると、脇の水路に図鑑でしか見たことのない水棲《すいせい》昆虫を発見した。

僕はしゃがみこみ、興奮に息を荒くしながらミズカマキリを観察する。

すると「もっとすげえの見せてやるよ」と、少年が薄暗い森へ入っていった。

僕は「すげえの」の誘惑に勝てず、どきどきしながら少年のあとを追う。

やがて開けた場所に出ると、目の前に古めかしい神社があった。

七五三で訪れた都内の神社と違って、辺りには人っ子ひとりいない。

社《やしろ》の正面には埃をかぶった賽銭箱《さいせんばこ》があり、その向こうに格子状の扉が見えた。

ガラスなどははまっておらず、隙間からうかがえる闇の深さにぞっとなる。

「ここ、アリジゴクがいるんだぜ」

打ち捨てられたような神社を指さし、少年が得意そうに言った。

見れば高床式の拝殿の下は、さらさらした砂地になっている。

少年は枯れ草を拾ってひも状にすると、それを持って床下に潜りこんだ。

僕も急いで四つん這いになり、少年のあとに続く。

砂地にはあちこちに、すり鉢状にへこんだ箇所があった。少年はそこへ枯れ草のひもを垂らし、見事にアリジゴク―ウスバカゲロウの幼虫を釣り上げた。

「すごい。こんなの初めて見た」

きっと僕の瞳は、きらきら輝いていただろう。

少年はうれしそうに笑い、「立博もやってみい」と草ひもをくれる。

僕は砂地へ顔を近づけ、慎重に草のひもを垂らした。

しかし少年のように簡単には釣れない。はさみ状のあごが食いついても、無理に引き上げると尻から砂地に潜ってしまう。

しばらく夢中で釣っていると、ようやく一匹を引き上げることに成功した。

やったよと少年に見せると、予想しなかった反応が返ってくる。

「ここへきて、なんでそんなもん釣りよるん」

そこにいたはずの少年が、なぜか少女になっていた。

「うわぁ」

僕が驚いて尻餅をつくと、少女がけたけたと笑う。

「びっくりしすぎ。それよりね、この神社の神さまは、昔からすぐにどっか行っておらんなるんやって。いまならお宝を盗《と》っても、ばちは当たらんよ」

僕と同い年くらいの少女は、にやりと笑って砂地を掘り始めた。

わけもわからず見守っていると、少女が「ゲット」と、なにかをつまみ上げる。

「見て。これ昔のお金なんよ。なんとか時代の」

少女に手渡されたのは、中央に四角い穴が空いた錆びた貨幣だった。穴の周りに漢字が四つ刻印された古い硬貨は、テレビの鑑定番組で見た記憶がある。

「すごい」

親戚の少年のことなどすっかり忘れ、僕はまたも大興奮だ。

「きみも探してみなよ」

にかっと笑う少女にそそのかされ、辺りの砂を掘り返してみる。

しかし掘っても掘っても見つからない。

巣のような手がかりもない分、アリジゴクを釣るよりも難儀だ。

けれどどうしようもなく楽しくて、僕は夢中で砂地を掘り続けた。

「じいちゃん、よかった。立博、まだおった」

ふいに声がして顔を上げる。

夕闇を背に、親戚の少年が床下の僕をのぞきこんでいた。

かたわらには赤ら顔の老人もいて、ふうと安堵したように息を吐いている。

僕がアリジゴク釣りに熱中していたとき、少年は通りかかった地元の友人に誘われて川へ遊びにいったらしい。そうして東京からきた親戚のことなどすっかり忘れ、帰宅してから「じいちゃん」にどやされたため、一緒に迎えにきたそうだ。

「立博、ずっとアリジゴク釣りよったんか」

老人に聞かれ、大半の時間は女の子と宝探しをしていたと答えた。

「そんなおてんば、この村にはおらん。夢でも見たんでねぇか」

たしかに、にかっと笑う女の子の姿はどこにも見当たらない。

けれど僕の手の中には、錆びた硬貨がしっかり握られている。

これはたぶん、昔の人が投げたお賽銭だろう。黙って持っていったらばちが当たるかもしれない。

そう思いながらも、僕は古銭をポケットに押しこんだ。

彼女の言葉を信じたというより、彼女の存在を信じたかったのだと思う。


中学生になった僕は、寺社仏閣や遺跡の訪問を趣味としていた。

観光というよりは、探索に近い。法人登録されていないような小さな神社を見つけると、心を躍らせて拝殿の下に潜りこむ日々だった。

平日は真面目に勉強し、週末になるとポケットに古銭を入れて遠方へ出かける。

そんな青春をすごしていたある日、僕は神社の床下で情けない声を上げた。

「うわぁ」

潜りこんだ先に人がいるなど、想像すらしていなかった。

しかも相手は、頭の後ろで髪を無造作に縛った女の子だ。

「相変わらずびっくりしすぎ。元気だった？」

彼女だった。

幼い頃、ほんの少し一緒の時間をすごしただけ。

ふたりとも背が伸びて、顔つきだって変わっている。

なのに僕たちは、お互いが誰だか一瞬でわかった。

「元気だよ。きみが僕を覚えてるのは意外だけど」

「だって、きみはぜんぜん変わってないよ。その眼鏡とか」

「いや、さすがに変わってるから」

「じゃあ『目』かな。好奇心に満ち満ちたその輝きが、あのときと同じ」

あの神社から遠く離れた、別の県での再会。

それは奇跡に近い出来事なのに、僕たちはそれを不思議に思わなかった。

そんなことよりも、話したいことがたくさんあった。

彼女があまりに神出鬼没だったので、僕は幻かもと疑っていたこと。

僕が宝探しに夢中で話しかけても返事がなく、彼女は退屈して帰ったこと。

彼女のおかげで、寺社仏閣や遺跡に興味を持ったこと。

僕のせいで、女の子なのにあちこち放浪してしまうこと、などなど。

「ちょっと待って。なんできみの放浪癖が、僕のせいになるの」

「よくお母さんに言われるんだ。『風子、そんなんじゃ男の子にモテないよ』って。でもきみみたいな変人なら、わたしでももらってくれそうでしょ。だから『大丈夫。あてがあるから』って答えて、見逃してもらってる」

この子の名前は風子というのか。方言はもうやめちゃったのか。僕は放浪の目くらましに使われているのか。あるいは本当に僕のことを好きなのか——。

かたや混乱しつつ、かたや笑いつつ、楽しい時間はあっという間にすぎていく。

やがて日が暮れ、ふたりとも帰る時刻が迫っていた。

「風子さん、連絡先を教えてよ」

駅へ向かって並んで歩きながら、僕はささやかに勇気を出した。

「風子でいいよ。連絡先は、次に会ったときにしない？」

「次って……今日みたいな偶然、そうそう起こらないよ」

「いや、きみはきっと現れる。だって神出鬼没ボーイだからね」

風子はあのときみたいに、にかっと歯を見せて笑った。

「それはこっちのセリフだよ。きみのほうが神出鬼没ガールだ」

「だったらまた会えるってことだよ。ふたりともそうなら、確率二倍」

じゃあねと反対方向の電車に乗った彼女を、僕は惚《ほう》けて見送った。

彼女がああ言ったんだから、僕たちはきっとまた会える――。

なんて考えは、思春期の少年らしいロマンチックな思いこみだった。

なぜなら高校三年間で、僕はついぞ彼女と会わなかった。

卒業式の体育館で、僕はみんなとは違う涙を流す。

あのとき食い下がって連絡先を聞いていたら。いやあれは体よく断られたってことなんじゃないか。じゃあ僕は失恋したってことなのか。いや待て。僕はいつの間に、彼女に恋をしていたんだ――。

もやもやを抱えたまま、僕は大学生になった。

そうして探検サークルの新入生歓迎会で、僕は三度《みたび》「うわぁ」と驚く。

「待ってたよ、神出鬼没ボーイ」

僕をハグしてくれたのは、大学生になった彼女だった。

このとき初めて、彼女がひとつ年上の先輩であることを知る。

こいつは知りあいかという誰かの問いに、彼女はにかっと笑ってこう答えた。

「わたしの運命の人」

おかげで僕たちは、まんまとサークル公認カップルになった。

大学の四年間で、風子とはさまざまな場所を一緒に冒険した。海底洞窟を探索し、外国の廃村を訪れて、日本の最南端で海をバックに写真を撮った。

そう。一学年上の先輩と「四年間」だ。

風子は四年で大学を卒業したけれど、冒険をやめなかった。彼女は世界中の秘境へ軽装でほいほい訪れる動画配信者、「神出鬼没ガール」になったのだ。

「『神出鬼没ガール』って命名、きみの微妙にダサいセンスがちょうどいいね」

「最初に言ったのはきみだろ。僕を『神出鬼没ボーイ』って」

破天荒《はてんこう》な風子と違い、僕は地に足を着けて生きるタイプだ。けれどネーミングセンスを含めてどこか似ている部分があり、相性はよかったと思う。

だから僕が学術系の出版社に就職しても、ふたりの関係は変わらなかった。

とはいえ自分が冒険しなくなったことで、僕は風子の「神出」よりも「鬼没」、すなわち突然いなくなるさびしさだけを感じる日々が続く。

不安を募らせ、いじけて文句を言ったこともあった。

けれど彼女はどこ吹く風で、いつの間にか姿を消して、忘れた頃に僕を「うわぁ」と驚かせる。そうして悪びれもせず、楽しそうに世界中の話をする。

悔しいことに、それがまた好奇心をそそられるのだ。

これはもう、惚れた弱みとあきらめるしかない。

なんて思っていたけれど、彼女が落ち着く日はふいにやってきた。

「年貢の納めどき、というより、鬼の霍乱《かくらん》みたいなものかな」

風子は自身の妊娠を、まるで夏バテや熱中症のように表現した。

神さまからの授かりものにばち当たりな、なんてお説教はしない。神出鬼没ガールが落ち着いてくれるなら、ばちのひとつやふたつは僕が代わりに受けてやる。

僕は風子が家にいる生活に、しみじみと幸せを感じた。

ああ、今後はずっと一緒にいられる。やっと甘い新婚生活が送れる——。

そんな夫の期待を嘲笑《あざわら》うように、風子は安定期に入ると、熱病から回復した鬼のごとくに方々へ出かけていった。

「なぜきみは落ち着けないんだ。お腹に赤ちゃんがいるんだぞ！」

さすがの僕も声を荒らげた。面倒だからと、入籍だけで結婚式を省略しておいてこの仕打ち。子どもの心配だけでなく、僕自身の不満もあった。

「たぶんあのときから、わたしは普通の人間じゃないんだよ」

なんのことかと思えば、僕と最初に出会った神社の話らしい。

「信じないと思うけど、きみと会うまでのわたしは、おとなしい子だったんだ」

信じないよと言いかけて、ふと思いだす。

僕が床下で出会った女の子について話すと、親戚の老人は『そんなおてんば、この村にはおらん』と言っていなかったか。

「あの日のわたしは、別の用事があったんだよね。でもふいに、神社へ行かなきゃって感じたんだ。で、行ってみたらきみがいた。わたしは一生の宝物をもらっちゃった。だからそれと引き換えに、放浪癖のある神さまの身代わりになったんだよ」

あれ以来どこかへ行きたくなる気持ちに、抗《あらが》えないのだと風子は言った。

「その言い方はずるい。きみは宝物を大事にしてないじゃないか」

「そういうきみの乙女なところも、ちゃんと好きだよ」

風子はにかっと笑い、僕の手を取りお腹へ導く。

「パパは心配性でちゅねー」

ママの声に反応したのか、小さな力が手のひらに伝わってくる。二対一で責められてはどうしようもないと、僕はやに下がるくらいしかできなかった。

そうこうするうち、風子は無事に男の子を出産した。

子どもの名前は立博と風子を組みあわせ、颯《そう》とつけた。

颯は母に気を使ったのかすぐに卒乳し、僕の手から離乳食をぱくぱくと食べた。
するとこれ幸いと、風子は放浪を再開した。
僕は育休を取得して、ワンオペで家事と育児をやり続けた。ふざけるなと思うことも
あったけれど、神出鬼没ガールの配信を見て笑っている自分がいる。
それにまあ、風子も常に家を空けているわけじゃない。
ときどき戻って僕を「うわぁ」と驚かせると、それなりに母や妻になってくれる。
おかげで僕も職場復帰ができ、少々の不満はあるものの家庭は円満だった。
この幸せな期間は、七年続いたと思う。
八年目のある日、僕は風子の冒険仲間から連絡をもらった。
その内容を端的に言えば、神出鬼没ガールの死を報《しら》せるものだった。

風子は崖から転落したらしい。
らしいというのは、状況から推定した結果だからだ。
姿が見えず、連絡も取れない。スマホのGPSも機能していない。神出鬼没ガールの
SNSは、最後の更新が崖で撮影した自撮りだった。
ゆえに遺体も遺品もないものの、風子は墜落したと判断された。

僕も現地で確認したけれど、たしかに死の可能性は感じられた。

でも風子と連絡が通じないなんて、よくあることだ。きっとそのうちふらりと帰ってきて、僕を「うわぁ」と驚かせるに違いない。今回だっていつもと同じだ。

そう信じていたので、東京に戻っても葬儀をするつもりはなかった。

けれど一応は行方不明であることを、関係者には伝えなければならない。

幸い息子は母がいないことには慣れているので、ひとまず告知は保留する。

しかし風子の両親には報告せねばと、僕は颯を連れて義実家へ帰省した。

現地で確認した情報を伝えると、風子の両親はさめざめと泣いた。

そして僕に謝罪した。いつかこういう日がくると思っていたと。

娘は間違いなく幸せだったけれど、僕と颯を不幸にしてしまったと。

僕は風子の死を信じていない。けれど彼女の両親を見ていたら、ふいに心配性が発症した。もしかしたら、今度こそ、風子は神出しないのか――。

「立博くん。颯くんが、おらん」

義父の声で、僕は現実に引き戻された。

探してみると、たしかに息子の姿がない。

「神社へ行ったのかもしれません。古銭が拾えると話したことがあります」

ふんわりと道も教えたと言うと、義父が顔色を変えた。

「あっこは危ない。こないだの大雨で崖が崩れたんだ」

僕は考えるより先に走りだしていた。風子の実家からも、あの神社が建っている山は見える。畑を通る近道は忘れたけれど、暗い森の入り口は覚えている。

山道を駆け上がって森へ入ると、すぐに社が見えてきた。

「これは……」

神社の裏手にあった崖が、大きく削り取られていた。本当にぷつんと地面がなくなっているので、うっかり近づけば山の下まで滑り落ちるだろう。

「颯、どこにいる！」

不安に駆られて大声で叫ぶと、すぐに「パパ？」と反応があった。

拝殿の床下に潜りこみ、きょとんとしている我が子を抱きしめる。

「颯、ずっとここにいたのか。ひとりでくるなんて危ないだろ」

「ひとりじゃなくて、女の子と一緒だよ。同い年くらいの。あれ、いない」

颯が見ても、僕が見ても、辺りに女の子なんていない。

追いついてきた義父に尋ねると、いまこの村には女の子どころか、そもそも颯の年頃の子どもがいないという。

「いたってば。その子、『あっちには近づくな』って怖い顔で言ったんだ。でもじっとしてると退屈だって言ったら、にひって笑って宝探しを教えてくれてさ。ほら」

颯は崖のほうを指さしつつ、僕に錆びた貨幣を見せつけた。

その瞬間、僕は悟ってしまった。

「風子……本当に逝《い》ってしまったんだな……」

風子は死んで、真に神出鬼没の存在――すなわち幽霊となったのだろう。

だからこんな山奥に現れて、息子を守ってくれたに違いない。

「よかったな、風子。これからは、好きなときにどこへでも行ける。でも息子の前に現れるときは、母親の姿で頼むよ……なんであの頃の姿なんだよ……」

僕はめそめそと泣きながら、日が暮れるまで神社に向かってぼやき続けた。

*

「人間は足がなくなると、逆に地に足が着くものだね。一個もーらい」

キッチンカウンターの向こうで、風子がアスパラの肉巻きをつまみ食いした。

「死んで落ち着いたんなら、颯が神出鬼没ボーイになるのを止めてくれ」

僕たちの息子は、リビングで動画サイトを見ている。

なにを見ているかと言えば、世界をほっつき歩く母の過去動画だ。

「無理だよ。神出鬼没の神さまは、次のターゲットを見つけたからね」

風子は本当に崖から落ちていた。しかし滝壺に落下して九死に一生を得たことで、自らの旅の終わりを悟ったらしい。神出鬼没ガールはここで死んだと。

だから最後にどうしても訪れたかった場所だけを見て周り、景色を心のカメラに収めて満足すると、のんきに日本へ帰ってきた。

僕が三日三晩、懇々と妻を説教したのは言うまでもない。

だから神出鬼没ガールは死んだけれど、風子はいまも生きている。我が子の遠足の日程すら知らない母親だけれど、颯にはちゃんと尊敬されている。

「颯を助けてくれた女の子は、きみの幽霊じゃなかった。もしかして八歳の僕が神社の床下で出会ったのも、きみじゃなかったのかな」

「わたしが出会った男の子も、きみじゃなかったのかもね」

僕がお守り代わりにポケットに入れていた古銭は、いつの間にかなくなっていた。

そしていまは、颯がよく似た硬貨を持っている。

心配性の僕にできるのは、放浪の神に息子の加護を願うくらいだ。

神頼みではなく、亀頼みを。

矢凪

咲乃《さくの》が小学二年生の時、カメジローが死んだ。庭の紅葉が色づき始めた頃だった。

カメジローは咲乃の母親が結婚する前から蓮川《はすかわ》家で飼われていたオスのクサガメだ。

縁側で日向ぼっこをするのが好きで、とても穏やかな性格の人懐こい亀だった。

咲乃にとっては生まれた時から居た家族の一員であり友だちのような存在でもあった。

身近な者の『死』というものを経験するのは初めてのことで、どう受け止めたら良いのかわからなかった咲乃は、悲嘆に暮れる日々が続いた。

そんなある日のこと。

落ち込んでいた咲乃を元気づけようとしてくれたのか、クラスメイトの女の子があることを教えてくれた。

「咲乃ちゃん、学校の近くに亀がたくさんいる神社があるんだけど、知ってる？」

「ううん、知らない」

「亀池《かめいけ》神社っていうところでね……神社の奥の方に池があるんだけど、晴れている日はそのまんなかにある石の上に亀がいっぱい出てくるんだよ！　ちっちゃい亀もいて結構かわいいから見に行ってみなよ！」

「そっか……。うん、ありがと……」

もちろん、そこへ行ってもカメジローに会えるわけではないし、むしろ、亀を見たら余計に悲しい気持ちになってしまうかもしれない。

一瞬そう思ったものの、クラスメイトの気遣いを無下にするのも気が引けたので場所を教わると、咲乃は学校帰りに寄ってみることにした。

帰宅ルートとは逆方向で、これまで通ったことのなかった路地を数分進むと、高台にある境内へ続く石段を見つけた。三十段ほど上ると少し色褪せた朱塗りの鳥居と、その両脇に一風変わった形の石像が建っているのが見えた。

(狛犬じゃなくて、狛、亀……？)

神社に置かれている石像といえば、なんとなく犬や狐を思い浮かべるが、そこに鎮座していたのはどう見ても亀だった。

なるほど。神社の名前に『亀』と付いているから、亀がいてもおかしくはないのか、と咲乃はすぐに納得して歩みを進める。

鳥居をくぐると、綺麗に掃き清められた灰色っぽい石畳の参道がまっすぐ正面に長く続いていた。想像していたよりも、広くて大きい神社のようだ。

参道の右手にある手水舎の前まで来た時、咲乃はある物に気づいて足を止めると、目を瞬かせた。

「また、亀がいる……」

手水舎の上、柄杓が置かれているところの両端に、石でできたかわいらしい亀の置物が二匹、向かい合う形で置かれていた。

咲乃は以前、家族で別の神社を参拝した時のことを思い出しながら、手を清める。

ポケットから取り出したハンカチで手を拭くと、参道に戻って再び奥へ進んでいく。

正面奥には拝殿があり、大きな鈴と、その下にはお賽銭箱が置かれている。

学校帰りでお金なんて持っていないので申し訳なく思いつつ、目を閉じてパンパンと手を合わせる。心の中でつぶやいた願いごとは『カメジローに会いたい』だった。

目を開けると、拝殿とその横にある社務所との間の道の奥に、池が見えた。

クラスメイトが教えてくれたのはあの池のことだろうか、と少しドキドキしながら奥へ進むと、陽光を浴びてキラキラと輝く水面が目に飛び込んできた。そして、池の中央にある平たく大きな石の上では――。

「いた！」

大小さまざまなサイズの亀たちが、のんびりと甲羅干しをしていた。

「カメジロー……」

気持ちよさそうなその亀たちの姿と、在りし日の愛亀の姿が重なり、咲乃の視界は涙でぼやけていく。慌てて袖口で目元を拭うが、一度溢れてきた涙は止まりそうにない。

咲乃は亀を見つめたまま、池の前に置かれていた背もたれのない簡素な木製ベンチに力なく腰を下ろし、昂ぶった気持ちを落ち着かせようと深呼吸する。

しかし、あの亀たちの中に実はカメジローが交ざって昼寝していたりしないだろうか――そんなことを考えて探し始めてしまう自分に気づき、あり得ない、とすぐに首を横にぶんぶんと振った。

カメジローは確かに死んだ。どんなに呼びかけても動かなくなってしまったのを見たし、母の意向でペット霊園で火葬し、小さな骨だけになってしまったところも見たのだ。

(天国ってどこにあるのかな。カメジロー、天国で今頃どうしてるかな……)

ふとそこで何気なく天を仰ぐと、筆でサッと描いたような筋雲と、青く美しい秋空が広がっていた。

その時、ポチャンと石の上にいた一匹の亀が池の中に入っていく音が聞こえ、咲乃は池に視線を戻した。すると、他の亀たちも釣られるようにして、次々と池の中にダイブしていってしまい、ついには石の上から一匹もいなくなってしまった。

「あ……」

もっと見ていたかったのにな、と名残惜しく感じつつ立ち上がった咲乃は、神社内を少し散策してみることにした。

先ほど一度素通りした社務所では、お守りやおみくじなどを売っているようだったが、たまたまなのか人の姿はなかった。そして社務所の脇にはおみくじや絵馬を結びつけるコーナーがあり、その一角で咲乃は再びたくさんの亀を見つけた。

といっても、並んでいるのは本物の亀ではない。石や陶器、ガラス細工などの素材の亀の置物だ。なぜそこに置かれているのかはわからないが、亀好きにはたまらない亀だらけの光景がそこにあった。

その中で、咲乃は一匹の置物の亀と目が合った。

(わ！　あの子、カメジローにそっくり！)

サイズはカメジローよりもだいぶ小さく、咲乃の手の平くらいだ。似ていたのは表情で、よくエサを欲しがって『ご飯、早くちょーだい！』と言わんばかりに咲乃を見つめてきた、つぶらな瞳もよく似ていた。

咲乃はその置物の亀の甲羅に手を伸ばすと、カメジローによくそうしていたように、優しく何度も撫でてみた。

「カメジロー……」

置物とはいえ、そうして触れていると色々思い出して愛しさが溢れてくる。

そこでふと、これだけたくさんの置物があるのだから、一匹くらい居なくなっても誰も気づかないのではないだろうか——咲乃はぼんやりとそんなことを考え、カメジロー似の置物を自分のスカートのポケットの中に突っ込もうとした。

その時——。

「こんにちは、お嬢さん。亀さんが好きなのかな？」

突然、背後から女性に声をかけられ、咲乃はビクリと肩を震わせた。自分が今しようとしていたことを咎められると思い、背中を冷たい汗が伝う。

わずかに震えている手でポケットに入れようとしていた亀を元の場所に戻すと、咲乃は慌てて振り返った。

目を泳がせつつ、尋ねられたことに対してコクリと頷き返す。

「亀は、好き……」

すると、話しかけてきた女性は目を細めてふんわりと微笑んだ。白い上衣に紫色の袴という姿なので、おそらくこの神社の人なのだろう。年は咲乃の母親と同じか、少し上くらいだろうか。

「そっか、じゃあ、私と一緒だね。私もね亀が大好きなの。そこに置かれている亀さんたちは、みんな私の大切なお友だちなのよ」

「……そう、なんだ……」

「ええ。その亀さんたちはね、この神社に来た人たちが、いろんな想いを込めて置いていった子たちなの。かわいがってくれたら嬉しいな」

怒られると思っていた咲乃は拍子抜けした。どうやらその女性は、咲乃が亀の置物を盗もうとしていたことには気づいていなかったらしい。

ホッとすると同時に、すごく大切にされている亀を盗もうとしてしまった自分の行いを恥ずかしく思って深く後悔した。気づかれてはいなかったみたいだけれど、謝った方が良いだろうか。咲乃は迷った。人の物を勝手に盗るのはいけないことだ。そんなことはもちろんわかっている。

けれど、打ち明けたら、警察を呼ばれて捕まってしまうかもしれない。そう考えると、とても怖くなってどうしても言い出すことができなかった。

「か、カメジローが……飼ってた亀が、この前死んじゃって……忘れられなくて……」

口から出たのは、まるで盗もうとしたことへの言い訳のような話だった。

続けて、友だちに聞いてこの神社に来てみたと話すと、その女性は咲乃を慰めるように優しく頭をポンポンと撫でた。それから唐突に、ぎゅっと抱き締めてきた。

「そうだったの。それはつらかったわね。でも、その亀さんのこと、無理に忘れようとしなくて良いんじゃないかしら」

「でも、先生とかに『悲しいことは早く忘れて、楽しいことを考えないとダメだよ』って言われたんだけど……」

だから咲乃は、早く忘れないといけないことなのだと思って焦りを感じていたのだ。

それなのに、忘れなくて良いと真逆のことを言われ、きょとんとする。

そんな咲乃に、女性は目尻に皺を寄せ、柔らかい笑みを浮かべた。

「あなたが『忘れたくない』と思っているうちは、無理に忘れることはないわ。それにあなたがたくさん思い出してあげたら、亀さん……カメジローくんはきっと喜ぶと思うの。カメジローくんは目には見えなくなってしまったけれど、いつだってあなたのことを近くで見守ってくれているはずだから、ね」

「カメジロー、私のこと、見守ってる？」

「ええ、亀がたくさんいる神社で働いている私が言うんだもの、間違いないわ」

そう言って茶目っ気たっぷりに笑いかけられ、咲乃は胸がほんわかと温かくなるのを感じた。初対面だが、なんとなくこの人の言うことなら信じられる。そんな気がした。

それからというもの、元気を取り戻した咲乃はこの神社に来るのが日課となった。

女性は藤緒《ふじお》と名乗り、この神社の宮司をしているのだという。

「ぐうじ、って何？」

首を傾げた咲乃に、藤緒は少し考える素振りを見せてから、「神様のいる場所を綺麗にしたり、この神社へ来た人たちの想いや願いごとを、神様にお伝えしたりするお仕事をする人のことよ」と、丁寧に教えてくれた。

亀池神社と呼び親しまれているこの神社は、正式名称を『亀池稲荷神社』という。五穀豊穣や商売繁盛、学業成就を司る神様を祀っており、創建四百年以上という歴史を持っている。そこまで規模の大きな神社ではないものの、年始や毎年九月に行われる秋の例祭では境内に屋台なども出店され、それなりの人出があるらしい。

そういえば、夏の終わり頃に咲乃の家の近くを賑やかに神輿が通り過ぎたことを思い出し、あれはこの神社から出ていたのだと、藤緒から聞いて初めて知った。

池の亀を眺めに来て藤緒に会った時、咲乃は自ら進んで境内の掃除を手伝ったり、亀の置物を柔らかい布で磨いたりする作業を一緒にさせてもらうようになった。そうして境内で藤緒と過ごしていると、藤緒は参拝客や近所の人にとても好かれていることを肌で感じた。

咲乃もそうだったが、話していると心が洗われるような、不思議とスッキリするようなことがたびたびあった。藤緒とおしゃべりがしたくて散歩をしにくる年配の人がたくさんいて、いつしか咲乃も地域のいろんな人と知り合いになった。

咲乃の家が特定の宗教を信仰しているわけではなく、神社との付き合いに寛容だったこともある。翌年からは両親公認で、例祭や七五三シーズン、新年などの神社の忙しい時期に、ゴミ拾いや片付け、お茶出しなどの雑務もこなすようになり――。

「咲乃ちゃん、いつもありがとうね」

親しくなってからは、夏の暑い日は掃除をして一汗かいた後は社務所に入れてくれて、一緒に冷たいお茶を飲んで休憩したり、お菓子を食べたりもした。

藤緒には咲乃よりも二学年上の一人息子がいるらしく、咲乃のこともまるで我が子のようにかわいがってくれた。

中学生になると、神社と中学校の距離が少し離れていたこともあり、さすがに毎日のように寄ることはなくなったが、それでも、ことあるごとに咲乃は神社を訪れた。

美術の授業で石の彫刻をした時は、迷わず亀の形をした置物を彫って、完成すると神社の亀コーナーに仲間入りさせてもらったりもした。

「あら、かわいい。咲乃ちゃんは手先が器用なのね。前に家庭科の授業で作ってくれた亀のフェルトマスコットも、とっても上手だったし」

「藤緒さん、よく覚えてるね」

「もちろんよ！　この神社へ来た亀のことはみんな覚えているし、何より咲乃ちゃんが心を込めて作ってくれたものだもの。ちょっとカメジロー似だったりしたのも、忘れるわけがないわ」

「えへへ。なんかそう言われると嬉しい……」

そうして亀談義に花を咲かせることもしばしばだった。

さすがに高校受験が近づいてくると真面目な咲乃は塾通いや勉強に専念した。

しかし、本命の高校を受ける前の日――。

「あら、咲乃ちゃん、大事な日の前なのにここへ来て大丈夫？」

参拝してから社務所に顔を出した咲乃に、藤緒は心配そうな表情を浮かべた。

「大事な日の前だからこそ『亀頼み』をしに来たんだよ、藤緒さん。それでね、この緑色の学業お守りを買いたいんだけど……」

小銭を置いて、窓口に並べられている亀の絵が刺繍されたお守りの見本を指さす。

「ふふっ、神頼みじゃなくて亀頼みなんて、咲乃ちゃんらしいわね。きっと咲乃ちゃんなら亀様の力がなくても実力を発揮できると思うけど、リラックスして頑張ってね」

お守りを両手で丁寧に渡してくれた藤緒に、咲乃は笑顔で頷いた。

「うん、ありがとう！　藤緒さんにそう言ってもらえたから、すごく頑張れそう！」

「それは良かったわ」

それから三週間後の合格発表の日――。

第一希望の高校に見事合格した咲乃は、家族や学校への報告を済ませると、大急ぎで神社の境内に駆け込んだ。

「藤緒さん！　合格したよ！」

「まあ、おめでとう！　頑張ったわね！」

そう言って嬉し涙を零し、我がことのように喜んでくれた藤緒の姿を見た瞬間、咲乃はある想いを抱き始めたのだった。

いくつもの季節が巡り、梅雨入りしたばかりの六月初旬のある日のことだ。

シトシトと雨音だけが響く静かな社務所の中で藤緒が一人、事務作業をしていると、小窓がコツコツと叩かれる音がした。

雨の日の参拝客はめずらしいと思いつつ接客しに立ち上がると、外に立っていた女性の見覚えのある顔に藤緒は嬉しくなった。

「あらあら、咲乃ちゃんじゃない。久しぶりね。元気そうで何よりだけど、こんな足元の悪い日にどうしたの？」

見れば、咲乃は真新しい紺色のリクルートスーツに身を包んでいる。その姿に藤緒は、もしかして就職祈願かしら、と推測する。

しかし、わずかに緊張した様子の咲乃の返答は、藤緒の予想外の内容だった。

「あの……私、この神社に奉職したいんです。求人募集は出てないみたいですが、雇ってもらえないでしょうか？」

その口調は、以前のようなタメ口ではなく少し大人びていて丁寧なものだ。

「え……ウチに？」

こんなところに、と卑下するわけではないが、規模としてはさほど大きくもない神社に勤めたいと本気で言っているのだろうか、と藤緒は心底驚いた。

「はい！　私、ずっと前からここで働きたいと思っていたんです！」

降り続く雨の中、空色の傘を差したまま真剣な眼差しを向けられ、藤緒はハッと我に返る。

「とにかく、中へいらっしゃい。座ってゆっくり話をしましょう」

窓越しに話す内容ではないと思い、藤緒は慌てて咲乃を社務所内へ招き入れた。

社務所の中にある応接コーナーへ案内すると、咲乃をソファに座らせる。作り置きの冷たい麦茶をコップに注いでテーブルに置き、自分も向かい側に腰を下ろした。

「こうして向かい合って座って話すのなんて久しぶりね。なんだか懐かしいわ」

咲乃が小学生の頃は、よく一緒にお菓子を食べておしゃべりをしていたな、と思い出した藤緒は、自然と頬が緩むのを感じた。

「それで、本題に入るのだけど……本当にウチで働きたいのね？」

「はい。ずっと黙っていたんですけど、高校生になった頃から心に決めていたんです。大学も神道について学べる学部のあるところに入って、神職がどういうものかについてもしっかり勉強してきました！」

「じゃあ、このご時世、神職だけで食べていくことがとても難しい、ということも理解している、かしらね？」

本気の申し出には本気で返す。どんな職業もそうかもしれないが、ただ好きだから、という思いだけで務まるほど、神職は楽な職業ではない。

「私も今はこの神社以外にも二社で奉職していますし、よほど有名な神社でない限り、収入は安定しませんよ。それでも本当に良いかしら？」

確認するように尋ねると、咲乃はきちんと理解しているようで、苦笑いを浮かべた。

「正直に言うと……両親にはずっと反対されていました。でも、諦めたくなかったので、色々考えまして……」

咲乃はリクルート用の黒いシンプルなショルダーバッグから、タブレット端末を取り出して開くと、かわいらしい雰囲気のホームページを見せてくれた。

「これは、私が大学の仲間と立ち上げたハンドメイドの通販サイトです。ビーズなどで自作したアクセサリーや小物を作って売ったりしていまして、毎月それなりに安定した収入を得ているんです」

そういえば、と咲乃が小さい頃から手先が器用だったことを思い出す。その経営手腕にも驚きつつ、その本気度合いを感じ取った。

「あ、副業規定とかがあると、ちょっと困ってしまうんですけど、えっと、とにかく、私はこの神社で働きたいんです！　ダメでしょうか？」

咲乃の必死な思いはひしひしと伝わってきた。もちろん大歓迎よ、とすぐに答えそうになったが、そこで藤緒の脳裏をよぎることがあった。

万が一、あのことがこの神社で働きたいと思うきっかけのひとつになっているのなら、断らなければならない気がしていた。

「ひとつだけ、確認したいことがあるのだけれど、いいかしら？」

「はい、何でしょう？」

「覚えているかしら、あの日……まだ小さかった咲乃ちゃんが初めてこの神社へ来た時、亀の置物を持ち去ろうとしたことがあったわよね？」

藤緒の問いかけに、咲乃は驚いた様子で目を見開いた。

やはり覚えていたのだと確信して、藤緒は話を続ける。

「私が声をかけたことで、咲乃ちゃんはすぐに戻してくれたから、特に咎めるつもりはないのだけれど、もし、咲乃ちゃんがあの時の罪悪感のようなものを拭うために、奉職したいと思っているのなら、それは違うなと思ってね……」

あの時、藤緒は黙っていたけれど、きちんと叱った方が咲乃のためになったのではないかと、何度も考えた。謝ろうとして言い出せないでいる雰囲気も何度か気づいていたので、大人からきちんと言うべきだった、と。

神社の手伝いをしてくれるようになったのも、謝ることができない代わりに、償いのつもりで始めたことなのではないだろうかと思うことがあった。

「あの時のことについては、もう充分、謝罪の気持ちは受け取ったから大丈夫よ。咲乃ちゃんはこの神社になんて縛られないで、自由な生き方をして良いのだからね？」

藤緒の言葉に、咲乃は少し泣きそうな表情を浮かべて口を開く。

「亀を盗もうとして申し訳ございませんでした。確かにこうしてずっと、きちんと謝りたいと思っていました。でも……囚われているわけではないんです」

咲乃は藤緒の目を真っ直ぐに見つめて言い切った。

「何年も通ったこの神社が好きです。大好きな亀に囲まれて仕事がしたい、というのもあります。でも、何より町の人たちに愛されている、いつも穏やかで澄んだ水のようで、それでいて一緒にいるとホッとさせてくれる藤緒さんと、ここで仕事がしたいんです。だから、私の亀頼み、どうか聞いてくれませんか？」

長年、我が子のようにかわいがってきた子にそう告げられ、藤緒は安堵と嬉しさとで胸がいっぱいになる。立派に成長した咲乃こそ、藤緒にとってはまぶしく感じられる。

思わず目を閉じれば、不覚にも頬を伝うものがあって、少し照れくさくなった。

「じゃあ……来年の春から、お願いしようかしら」

「ありがとうございます、藤緒さん！　精一杯、頑張ります！」

立ち上がって深々と頭を下げた咲乃を、続いて立ち上がった藤緒は抱擁する。

目には見えないけれど、亀様もきっとどこかで喜んでいるに違いなかった。

ひとつ足して

霜月りつ

その男が神社の社殿から出てきたとき、神様が出てきたかと思った。肩までの長い髪に整った顔、なにより足元も見ず階段を降りる動きが滑らかで、水の上を歩いているように思えたのだ。

人は神様に会ったらどういう行動を取るだろう。ひれ伏す？　腰を抜かす？　祈るために両手を組む？

都築十郎《つづきじゅうろう》はそのとき、スマホを持ち上げ写真を撮ってしまったのだ。

その日は一月だというのに頬に当たる空気も暖かく、フリースのジャケットにマフラーでは汗ばむほどの陽気だった。小春日和とはこういう天気なんだろうな、と思う。

都築は朱塗りの色もはげた木製の鳥居をくぐり、神社の境内に足を踏み入れた。

鳥居は上部が反った明神《みょうじん》鳥居というもので、真ん中に額束《がくつか》も入っていたが、名前はすすけたように黒くなっていて読めなかった。

都築には神社の名前はどうでもよかった。ただ古くてあまり人が来ないような神社なら撮影には都合がいい。

手水舎の水も涸れたこの神社はきっと参拝客もいないのだろう。社殿の瓦もいくつか剝げ、母屋の板も黒ずんでいた。

　都築はスマホを掲げて社の写真を撮った。正面から、横から、裏へ回って背後から、階《きざはし》を上がってその上に寝そべり下から軒の写真も撮った。

　一通り撮り終わってからスマホをしまうと、形だけでも、と手を合わせた。

「ええっと、二礼二拍手一礼だっけ」

　パンッと手を打つと、意外なほど大きく響いた。鈴を鳴らそうとしたが鈴緒《すずお》がついていないので諦める。

「写真を撮らせてくれてありがとうございます。次の作品のモチーフにしたいと思ってます。できればネームを通してください。よろしくお願いします」

　神社で祈るときは声に出すといい、と昔母親に言われてから、都築はそれを実行している。今まで願いが叶ったことはなかったが。

　都築十郎は青年誌の漫画家だった。賞を取り、デビューを果たした。しかし、それから読み切りを二本描いたきりだ。

　賞を取ったときは地元で会社勤めをしていた。これでデビューできる、漫画に専念できると会社を辞め、上京した。すぐにでも連載できると高をくくっていたのだ。

　それからすでに二年。ネームを提出してはボツをくらう日々が続いている。今はバイトとアシスタントの方が忙しくなっていた。もう誰も名前を憶えてはいないだろう。漫画家になる、東京で一人暮らしをすると母親に告げたとき、彼女は反対しなかった。

「父さんはね、小説家になりたかったんだって」

秘密を打ち明けるように母親は小声で言った。

「でも家族のために夢を諦めて仕事を頑張ったんさ。もちろん仕事も好きだったけどね。お前は今、好き勝手に使える時間があるんだから夢のために頑張ってみなさい」

応援してくれる母親のためにもなんとか連載を取りたい。編集が言うには今和風ファンタジーのブームが来ているらしい。

都築はこの二年の間、近未来SFアクションを描いてきたが、このあたりで路線を変更して——いや、新しいことにチャレンジしてみても面白いんじゃないかとプロットを立てようとした。だがどこから手をつけていいかわからない。

そんな中で神社を舞台にしてみようと思い立ち、取材に出かけた。机の前でノートに落書きしているよりは動いてみることだ。

そう思ってあちこち出かけて写真を撮ったが、この神社の寂れ具合はなかなかいい。

「こんなボロい神社ならトレスして描いてもどこからもクレームはこないだろうな」

思わず声に出して「おっと」と口を押さえる。神様に聞かれたらバチが当たるかも……と考え、自分がまだそんなことを信じているのかと苦笑した。

そのときだ。

社殿の扉が内側から開いた。ひゅっと息が喉の奥に入る。

扉の中から男が一人出てきた。肩までの長い髪をして、白いシャツにデニムのパンツ、
整った顔立ちはモデルのようだが、無精ひげがちらほらと生えている。

男は都築の存在など見えないようにまっすぐ前を向いたまま階段から降りた。その動きが滑らかでまるで水の上を歩いているようだった。

そのまま境内に降りて二、三歩進み、空の青さを確かめるように上を向いた。日差しが降り注ぎ、輪郭が曖昧になる……。

（あ、表紙だ）

都築がスマホを向けたのは無意識だった。自分が描くべき表紙がそこにあったのだ。

カシャ。

静かな境内にシャッター音がやたら大きく響き、男が振り向いた。

「今、俺を写真に撮ったのか？」

声が聞こえた。頭の中に直接響いたり天から降ってきたりしたわけじゃなく、男の口から発せられた。神様じゃない。

「あ、す、すみません。あの、とてもいい表紙……絵……構図……だったので」

男は自分より年上に見えたので、都築はとにかく頭を下げた。

「すみません、ＳＮＳにあげたりはしませんので。僕だけのものにします」

「おまえ、そういう趣味の人間？」

「えっ、い、いや違くて。つまり僕だけで個人的に使うっていうか」

「使う……」

「じゃ、じゃなくて僕だけが見る……フォルダにしまう……」

どう言ったって変態の言だ。都築は自分の語彙のなさに絶望した。普段人と話していないから言いわけのひとつもうまくできない。

「肖像権てのがあるよな」

男が冷たい目を向ける。

「あ、そ、そうですよね、すいません、すぐ消します」

「いや、消さなくていい」

だが、男は都築の予想とは違う返事をした。

「消さなくていいからなんか食わせろ。それでチャラにしてやる」

都築は男を神社から少し行ったところにあった食堂に連れて行った。

黄色い看板には「よっちゃん」と書いてあり、壁には変色した手書きのメニューが下がっている。テーブルクロスは赤と白のチェックのビニールで、この令和の世の中に昭和が取り残されているようだった。三角巾を頭につけたおばちゃんが不愛想にプラスチックのコップで水を置くまでがセットになっている。

「お好きなものをどうぞ……」

都築がテーブルに置いてあったメニューを差し出すと、男は上から下までじっくり見て、「オムライス」「焼うどん」「焼ほっけ定食」と答えた。

都築は生姜焼き定食を頼んだ。

(どんだけ食ってなかったんだ)

都築がそう思うほど男の食欲は旺盛だった。オムライスはつけあわせのサラダはもちろん、上に乗っていたグリーンピースを一粒残らずスプーンですくい、焼うどんもどさどさとかけた紅ショウガもろとも一本たりとも残さず、焼きホッケは剝がした骨の隙間までなめるように食べてしまう。

完全に皿が空になったあとも、メニューを手に取っている。

(すごいなあ)

自分の食が細いので、これだけ食べる人間を見るのは楽しいくらいだった。きれいな顔をしているのに大食漢。でも食べ方は汚くない。

「なあ、ネームってなんだ？」

追加した肉野菜炒めを食べながら男が聞いた。

「えっ？」

「神社で祈っていただろ、ネームを通せって」

社殿の中にいた男に口にした願いを聞かれていたのだと顔が熱くなる。

「いや、あの、ネームってつまり漫画の下書きみたいなもんで……」

「漫画？」

「僕、漫画を描いているんです。それで資料として神社の写真を撮ってて」

男は首を傾けたが、やがて思いついたようにうなずいた。

「漫画ってあれか、絵で話を描くやつ」

「は、はい」

「じゃあ俺の写真を撮ったのも漫画に使うためか？」

男の箸が自分に向けられる。都築はどぎまぎして目をそらした。

「い、いや、あれはその……なんていうかイメージがぴったりだったんです。今考えている漫画のイメージに」

「へえ」

男は肉野菜炒めの皿を抱えてそれをかっこむと、コップの水を飲んだ。

「漫画、どんな名前で描いてんの」

「つ、都築十郎です」

実は本名だ。もともと十郎という名前がペンネームのようだと編集に言われたのでそのまま使っていた。

「都築十郎か」

男はちょっと目を上げた。

「名前を変えるといい」

「え？」

「今の名前、ひとつ足りないな」

にやりと笑う。その顔がいたずらを企む子供のようだった。

「じゃあ、ごっそさん」

男は立ち上がるとさっさと店を出て行った。都築は大量の皿と一緒にテーブルに残されてしまった。

「あ」

思いついて立ち上がり、店の外まで出たが男の姿はなかった。

「……名前聞くの忘れた……」

都築はその日から漫画の作業にとりかかった。プロットを立て、ネームを作る。頭の中にたくさん話のイメージが現れ、それを整理するのが大変だった。

イメージはあの男だった。ひょうひょうとしてて愛嬌があってどこか不思議な男。ネームの中で男は自由に動き回るので、それを押さえつけるのに苦労した。キャラクターというのは話を動かすためのものだったのに、今回彼は話をかきまわすだけかきまわして収拾がつかなくなることもあった。

都築はそれを楽しんだ。このキャラクターの行く先を見てみたかった。

ようやく形にして編集に連絡したのは一週間後だった。二年前はしょっちゅう来ていた出版社の打ち合わせブース、向かい合った担当には表情がなかった。おそらく期待されていない。

都築は編集がネームを見る顔を凝視した。持ち込むたびにボツを喰らうとだんだん自信がなくなりいつもうつむいていた。だが、今は違う。自分でも楽しく描けた。手ごたえがあった。

編集の視線が左右に上下に動く。パラパラと素早く紙をめくってゆく。わずか三二ページの作品なのに、時間がかかっているような気がした。

無表情だった編集の顔に感情が表れた。

「いいじゃないですか」

驚いているようだった。

「面白いですよ、これ、進めてください。次の会議に出します」

その瞬間、都築の頭の中で、鈴緒のない鈴の音がガランガランと勢いよく鳴り響いた。


それから一年。

都築は初めての単行本を持って実家に帰った。

「やったじゃない」

母親はピカピカのカバーの単行本を、父の仏壇に置いてくれた。

「ずいぶん時間がかかったけど……」

「これ、一って書いてあるわよね。じゃあ二も出るの？」

「一応……」

「三も四も、もしかしたら百まで出るの？」

「ひゃ、百はどうかな」

母親は笑っていたが目が潤んでいる。それを見て都築も目頭が熱くなった。

「母さんが応援してくれたおかげだよ」

「なーんにも」

母親はそう言うと都築に背を向けて仏壇のお鈴《りん》をチーンと鳴らす。

「わたしはなにもしてないわよ。全部おまえが頑張ったからよ」

「いきなり会社辞めて漫画家になるって言って、心配しただろ？」

「なんにも」

小さく丸まった背。

「十郎は子供のときから黙ってコツコツやる子だったもの。夏休みの間中毎日ひまわりの写真を撮ってアニメを作ったり、ヤクルトの容器を集めて怪獣を作ったり」

怪獣制作と漫画を一緒にされても、と思ったが、根っこは同じかもしれない。

「夢が叶ってよかったね……でもこれで終わりじゃないんでしょう？」

「うん、もちろん」

母親はようやくこちらを向いてくれた。

「これからも頑張って。今は漫画家の人だって勲章もらったり大学教授になったりするんだから。そうだわ、アニメになるといいね。いとこのヒロちゃんがなんとかってアニメ大好きでね、そしたら十郎兄ちゃんの漫画がアニメになったって自慢できるから」

「勲章や教授は無理じゃないかな……」

母親は今日はご馳走を作るといいそいそと台所に立っていった。都築は仏壇の前に進み、堅苦しい顔をした父親の写真を見た。

父さんの小説読みたかったな、と話しかける。

「そういえばさあ」

台所から母親の声が飛んできた。

「漫画の名前、どうして変えちゃったのぉ？」

都築は単行本を手に取った。著者名のところには『都築十一郎』と表記されている。

名前がひとつ足りないな。

あのとき、男に言われたことが頭にあった。それで連載を始めるとき、ペンネームを変えたいと編集に言ってみた。

「別に――姓名判断ってやつ」

「ふうん。なにかお侍サンみたいね」

「う、うん」

和風ファンタジーには合っている名前だ。まさか名前のせいで売れたわけではないと思うが。

都築十一郎。今はこの名がしっくりくる。

「いいだろ、父さん」

父親は答えないが、久しぶりに笑い声を思い出すことができた。


実家から東京に戻ると、都築は写真を撮った神社に出かけた。

相変わらず人けもなく、境内の砂利の上には落ち葉がたまっていた。

鈴緒のない鈴を見上げ、手をあわせる。

「おかげさまで単行本が出せました。人気も少しはあるみたいです。これからも頑張りますので見守っていてください」

神頼みしたら必ずお礼参りに行かなくちゃ。これも母親の教えだ。

そもそもこの神社であの男に出会い、イメージが湧いて漫画が描けた。たいした御利益があったじゃないか。

「あの人はもしかしたら本当に神様だったのかもしれないな」

そんなふうに思ってしまうのはファンタジー脳だろうか。

「お礼になるかわかりませんが、これを」

都築はバッグから自分の単行本を取り出した。それを賽銭箱の上に載せようとしたとき、うっかり本を取り落としてしまった。

「うわ、やばい」

本は階段で一度跳ね、地面にまで落ちてしまう。あわてて拾い上げたが、裏表紙に小さな破れができてしまった。

「あーあ……」

だが本はこの一冊しか持ってきていない。都築は仕方なくそれを賽銭箱の上に置いた。

「すみません、きれいな本《もの》じゃなくて」

都築はもう一度頭を下げると神社をあとにした。


次に向かったのは食堂「よっちゃん」だった。昭和の思い出のような店は、一年前と同じ佇まいで都築を迎えてくれた。

「らっしゃい」

手動のガラス戸を引き開けると、威勢のいい声がかけられた。無愛想なおばちゃんを想像していた都築は驚いた。

なんとそこには神社で出会ったあの男がエプロンをつけて立っていたのだ。

長い髪、きれいな顔、顎の下の無精ひげ。記憶の中とまったく変わらない姿で。

「ええっ！」

呆然と立つ都築に、男はちょっとだけ首を傾げ、やがて「ああ」と笑いかけてきた。

「おまえ、前に俺に飯をおごってくれた漫画の先生だろ」

「あんた――君――あなた……」

都築は口をぱくぱくさせ、男を指さした。

「なんでここに」

もう二度と会えないと思っていたのに。

「おまえに食わせてもらったここの飯がうまくてな。バイトで雇ってもらったんだよ」

「そうだったんですか……」

男に再会できて嬉しかったが、心のどこかで残念に思っている自分がいる。彼は神様じゃない、ただの食いしん坊な男だったのだ、と。

でも。

「あの、あなたのおかげで漫画の連載が決まって単行本も出たんです」

そういう都築を男は「まあまあ」とテーブルへ案内した。

「俺のおかげじゃないよ。おまえがそれまでに積み上げていたものがあったからだろ」

「でも、漫画の主人公はあなたのイメージだったし、あなたが名前を変えろって言ってくれたから名前を変えたら売れたし」

「名前で売れるなんてことはないだろ」

男は笑うと厨房に向かって「おっちゃん、生姜焼き定食大盛りー」と叫んだ。

「ここはひとつ俺におごらせてくれ。単行本発売祝いだ」

「え、いや、それは申し訳ないですよ」

「いいからいいから。それにしても十郎に一つ足して十一郎なんて、安易すぎるぜ」

あれ？　新しいペンネームをどうして彼が知っているのだろう？

あっという間に生姜焼き定食が出てくる。男は嬉しそうに笑っていた。


食事が終わったあと、男が単行本を差し出してきた。

「ほら、実は俺、持っているんだ」

「わあ、ありがとうございます」

そうか、だからペンネームを知ってたのか。

「サインしてくれよ、都築十一郎センセイ」

照れくさかったが都築はサインペンを受け取った。

「そういえばあなたのお名前は……」

「ああ、俺？　ミワだ。三つの輪で三輪」

「三輪さん……」

都築は表紙の見返しにサインをし、三輪さんへ、と書き入れた。

「ありがとう。大切にするぜ」

三輪に見送られ、都築は店の外に出た。しばらく歩いて振り返る。「よっちゃん」の黄色い看板はまだ見えていた。

ものすごく、確かめたいことがある。

あの単行本、返すときに裏返しで渡したのだが、そのとき、裏表紙に小さな破れがあったような……。

「きっと、偶然だ」

都築は歩き出した。

心臓が小さくときめいている。全身がなんだかくすぐったく、笑いだしてしまいそうで、都築はその気分のまま、大きくスキップしていた。

舞い散る、舞い継ぐ

溝口智子

彼らは傀儡《くぐつ》と言った。日鑑《ひかがみ》神社の夏の大祭が始まると、どこからかやってきて舞を舞う。毎年、多くの村人が待ちわび、村長が傀儡たちを受け入れ、もてなす。村長の息子である武《たける》は逗留《とうりゅう》する傀儡たちによく懐《なつ》いた。

傀儡たちは決して名乗らなかった。かかし、すずめ、どろ、などと田に関係する言葉で呼びあう。その呼び名も毎年変わり、まるで身を隠そうとしているかのようだった。

中で一人だけ呼び名が変わらないのは座長だ。二十歳過ぎにも十六、七にも見える青年で、すべての舞を覚えていて、傀儡の中でもっとも美しく誰よりも優雅に舞った。透きとおるかと思うほどに白く長い指が、空気を撫でるようにさらりとひらめく。なめらかな頬はいつも微笑を浮かべて誰をも魅了した。武も魅了されたうちの一人だ。

「俺も傀儡になる」

そう言ったのは八歳の誕生日のこと。座長は武の頭を優しく撫でた。

「武が傀儡舞をすべて覚えたら、連れて行こう」

柔らかな座長の手が頬をくすぐり、武は絶対に願いを叶えるのだと決めた。

「今年も傀儡舞が見られて良かった。長生きした甲斐があるよ」

「最近は『贅沢は敵だ』なんて言われてお祭りを取りやめるところもあるそうね」

武の母と、わざわざ遠くから舞を見に来た大叔母が竹囲いの側で語り合う。鳥居前に丸く立てたその囲いの中で、客寄せの舞が披露される。神社の前を通りかかる人に鳥居をくぐらせるための舞だ。面白おかしく、戦争の影が差す暗い世相を吹き飛ばすような力をもらえる。普段は漂泊の傀儡たちを口悪しく言うものでさえ足を止め、笑顔になる。武は、竹にしがみつくようにして傀儡の動きに集中した。

初手は男女二人で組んで舞う、ささらという舞だ。竹を細く切って帯状に束ねた、ささらと呼ばれる楽器を使って拍子を取る。舞うのはまだ手が拙《つたな》い、女舞のたづと男舞のわら、ささらを使うのは薦《ろう》たけたかかしだ。

しゃきりしゃきりと鳴るささらの音に合わせて、脚絆《きゃはん》で脛《すね》を覆った立付袴《たっつけばかま》姿のわらが腰を低く下ろし、地面を這うようにして竹囲いの中心に進む。低く頭を下げたわらの上を桃色の小袖姿のたづが軽やかに跳び越える。武は食い入るように見つめた。一手も一足も見逃さず覚える。舞を楽しむ人々のほがらかさから一番遠いところに、武はいた。舞い手は次々に交代して、それぞれに良さがある。真昼には客寄せを済ませ、傀儡はうち揃って鳥居をくぐり社殿に向かう。その頃には集中し過ぎた武はへとへとで、母に手を引かれてやっとの思いで社殿への階段を上った。

本殿には氏子《うじこ》総代が居並び、宮司《ぐうじ》が祝詞《のりと》の奏上を始めた。祝詞が終わり、氏子たちが榊の枝に紙垂《しだ》という紙を結び付けた玉串《たまぐし》を神前に捧げると、いよいよ神饌《みけ》の舞が始まる。

舞は三組。すぎなという老爺が日の舞、つくしという老婆が月の舞、最後に座長が鑑《かがみ》の舞を奉納する。すぎなが舞い始めると、疲労困憊という態だった武の目に力が漲《みなぎ》る。まるで舞を吸収して生き返ったようだ。すぎなが足踏みするとつられて武の足も動く。つくしが袖を振ると武も腕を伸ばす。自然と体が動き、止まらない。舞うことがこんなに楽しいとは思いもよらなかった。これならすぐにすべての舞を覚えきることができる。

そう思ったとき、本殿の隅に控えていた座長が立ち上がった。武の動きがぴたりと止まる。座長が立っただけでその場の空気が生まれ変わったかのように清冽《せいれつ》な気を帯びた。動けない、息もできない、ただ目をみはり座長の姿を全身で感じた。

まっ白な狩衣《かりぎぬ》姿の座長は性別もわからないほど、たおやかで優美だ。ゆったりと拝殿の中央に進み出て、ご神鏡に向かい一礼する。くるりと振り返った座長がとんと軽く足を踏み鳴らすと、ざわついていた境内が水を打ったように静まった。

それからなにを見たのか武は覚えていない。ただ神の息吹を浴びたかのように心が澄みわたったのを感じた。もの心つく前から舞を見続けていたはずなのに、こんな気持ちは初めてだった。舞いたい。座長のように軽やかに。

とん、と澄んだ足踏みの音で舞は終わった。はっと我に返った武は座長を見つめた。

夏の暑さなど感じさせない雪のような肌には汗のひとつもない。まるで森の奥の泉のように涼やかだった。

祭礼のあとの直会《なおらい》という集まりから傀儡たちが帰ってくるのを待ち構えていた武は、畳に両手をついて頭を下げた。

「俺に舞を教えてください」

「顔を見せてごらん、武」

座長に言われて顔を上げる。未だ狩衣姿の座長は輝くような笑みを浮かべていた。

「今日、なにを感じたの？」

柔らかな声が耳に優しい。なんでも受け入れてくれると信じられる声だ。武は落ち着いて話すことができた。

「俺が全然だめだってこと。すぐに舞を覚えられると思ったんだ。でも座長の舞を見たら、なにを真似したらいいかもわからないくらい、すごかった」

舌足らずな言葉で懸命に伝えようとする武の思いを座長は汲《く》んでくれた。

「武は一番大切なことを知ったね。あとは見るだけでいい。見て覚えるんだ」

「できないよ。難しいよ」

甘えて言うと、座長は武の頬を両手で挟んで顔を近づけた。美しくきらめく瞳がすぐ目の前にあって、武は真っ赤になる。

「大丈夫、武ならできる」

その言葉があれば、本当にできるような気がしてくるのだった。

傀儡たちはそれから三日、逗留した。舞に使った衣装を整え、疲れを癒し去っていく。朝露が消えるように一人二人と姿が見えなくなる。最後に残った座長が村長である武の父に挨拶をして門を出る。水干《すいかん》という狩衣より動きやすい衣装を身につけ舞い始める。

舞いながら去っていくのも祭の内、後についていってはいけない決まりだ。ひらひらと舞う姿は秋に向かい消えてしまう夏雲のように思えて武は不安でたまらなくなった。座長が消えてしまうのではないか。家族の目を盗み庭を横切って裏口の木戸から外へ出た。村外れの道祖神《どうそじん》の石塔まで駆けていく。祭りの間は村から出ることは許されない、誰かに見つかったら酷く叱られるだろう。武は道祖神の後ろに隠れて座長を待った。

道の向こうに座長の姿が見えたとき、武は飛び出そうと身構えた。座長の前に立ちふさがり置いて行かないでくれと言いたかった。だが、座長の舞には何者も邪魔できない力があった。見つめることしかできない。道祖神の前を横切る瞬間、座長は武に笑いかけた。その輝く笑顔が胸いっぱいに広がって、また座長に会えるのだと確信できた。

秋の収穫期も冬の農閑期も、武は一人、舞い続けた。舞えば舞うほど記憶は鮮明に蘇る。客寄せ舞の楽しさ、夏の日差し、そしてなにより座長の姿を目の前に見ているかのように思い出せるのだ。その影を追いなぞらえて、武は舞を自分のものにしていった。

翌年の大祭が近づくにつれ、武はそわそわと落ち着かなくなった。田の草取りの手伝いの間も舞いたくて足がむずむずした。日に何度も道祖神まで駆けていき、道の向こうを眺めた。夕暮れ、諦めて帰ろうと肩を落としたとき、明るい声が聞こえた。

「武、元気にしていた？」

振り返ると曲り道の向こう、竹林の陰から姿を現した座長の笑顔が見えた。武は駆けだし、勢いよく座長に抱きついた。

「うん！　俺、ずっと舞の練習してたんだ。すっごく上手になったよ」

「そうか。えらいね」

座長に頭を撫でてもらい、武は溶けてしまいそうなほど力が抜けた。座長の手を握って歩きながら、このままどこまでも道が続いて欲しいと願う。傀儡たちに囲まれて武は自分も傀儡の一員になれた気がして、夢心地だった。

傀儡を歓迎する宴席が終わるのを待って、武は寝間着の浴衣姿のまま、傀儡たちが泊まる客間に忍び寄った。

「おや、武。こんなに遅くまで起きていたの」

半開きの襖の陰から室内を覗いていた武に気付いた座長がすっと立ち上がり、襖を開けてくれた。武はいたずらでもしに来たかのように楽しそうだ。

「座長、俺の舞を見てください！」

意外な申し出にもかかわらず、座長はすぐに頷いた。武は座長の前に手をつき、頭を下げる。舞うのはささらの男舞。派手な振りだが繰り返しが多く、比較的易しい舞だ。自信を持って顔を上げると座長と目が合った。ぎくりと動きが止まる。

座長の顔に表情がない。作りもののように美しいだけで、いつもの柔らかな雰囲気が微塵《みじん》も見られない。石になってしまったのではないかと思うほど放つ気が冷たかった。逃げ出したい。だがそんなことをすれば、もう二度と舞を見てもらえないという予感がする。救いを求めて傀儡たちに目を向けても、皆、座長と同じように無表情で武を見ている。ぞっとした。この人たちの歩んできた苦難の道のりと時間を簡単に身につけられると思っていたなんて。何度も舞ってきたのに頭の中は空っぽで、どうすればいいのかわからない。だが舞わなければ見捨てられてしまうと立ち上がる。

耳にささらの音が蘇るが、怖い。本当にこの振りは合っているだろうか。次は左手を伏せて伸ばす。本当にそうか？　右手ではなかっただろうか。腰を落として上半身を伏せる。その上を女舞の舞い手が跳び越えるはずだ。本当に今この時で良かったか？

迷い迷い動くため拍子が狂い、手足の振り幅も小さくなる。自分の存在も小さく愚かな気がして、武はますます萎縮した。舞い終えたときには、冷や汗をかき震えていた。

「頑張ったね、武」

優しい声に驚いて顔を上げると、座長はいつもの笑みを浮かべていた。

「立派に舞えた」

「でも、でも、座長。俺、へたくそだ。一生懸命、練習したのに全然上手になってない」

「いいんだ、武。人の目にどう映ろうと気にしなくていい。御神《おかみ》様に喜んでいただくために傀儡は舞うのだから」

「俺の舞なんかじゃ、神様は喜ばないよ。座長、稽古してよ。俺がんばるから」

座長は微笑みを崩さないまま首を横に振る。

「どうして？　俺じゃ傀儡になれないから？」

「武、神前で舞うかい？」

座長に問われて武の顔色がさっと青ざめた。座長が武の両手を優しく握る。

「俺、へたくそだから無理だよ」

「御神様は気になさらない。舞いたいという武の気持ちを喜んでくださるよ」

座長は握る手にぎゅっと力を込めて、武に優しく頷いてみせた。

大祭まで三日、武は朝から晩まで舞い続けた。稽古はつけてくれないが、祭の準備で忙しい座長が仕事の合間を縫って武の動きを見に来た。その視線の中に意味があることに気付いたのは、大祭を明日に控えた日のこと。手を差しのべ顔を左へ向ける。そのとき座長の視線は武の手を導くかのように、もっと先に据えられていた。目で追うと、宙の一点でぴたりとなにかが嚙み合った。座長が見ている清らかな世界が見えた。わずか一瞬だが、たしかに今、透明な輝きを感じた。ぱたりと足が止まってしまう。

「座長、俺、今……」

武がうまく話せずまごついている間に、座長は静かな微笑を残して去っていった。

翌朝、大祭を前にしてうまく眠ることができずにいた武は、日の出前に庭へ出た。

「おはよう、武」

誰もいないと思っていたのに声をかけられて、武は思わず飛び上がりそうになった。

「ごめんね、驚かせて。早起きだね」

座長は白い浴衣を着ていたが、その浴衣はびっしょりと濡れていた。

「どうしたの、座長。雨が降ってたの？」

「違うよ。井戸をお借りして禊《みそぎ》をしていたんだ。神前舞の前に身を清めていたんだよ」

座長はしばらく考えていたが、武に手を差しのべた。

「おいで。禊の方法を教えよう」

座長がなにかを教えてくれると言うのは初めてだ。武は驚いてぽかんと口を開けた。武の手を引き庭の隅の井戸まで連れて行く。釣瓶《つるべ》を落として水を汲み、井戸に向かって手を合わせ拝む。その場でくるりと右に回り、左に回り、また右に回る。手を二度打ち鳴らし、頭から水をかぶる。これを三度繰り返した。武も同じように禊を済ませた。

「傀儡の皆も禊をするの？」

濡れた袖を絞りつつ武が尋ねると、座長は屋敷の縁側に戻りながら寂しそうに答えた。

「いいや、これは座長の仕事だよ。道中で皆が触れた穢《けが》れを私が背負ってきたからね」

「なんで俺に教えてくれたの？」

長い沈黙が痛かった。教えたことを後悔しているのではないかと心配して、武は座長を見上げた。座長は武と目が合うと、やっといつもの笑顔を見せた。庭の物干し竿にかけてあった手ぬぐいで武の顔を拭いてくれながら、そっと囁く。

「武にはなんでも教えたくなってしまうんだよ」

「でも、舞は稽古してくれない」

これから神前に行って舞うのだと思うと不安で、武は泣きそうになった。座長は武をぎゅっと抱きしめて、背中を優しく撫でた。

「大丈夫、武なら」

座長の言葉がすっと胸に入ってきて、武は小さく頷いた。

祭の初日、客寄せの舞よりも先に神様への挨拶のための神前舞を奉納する。拝殿に傀儡が全員集い、揃って神鏡に向かい平伏する。手に手に楽器を持ち、拝殿の四周に座る。笛や小さな太鼓、鉦《かね》、ささら、ほかにも何種類かの楽器がある。舞い手は四人。座長と、れんげと、たにし、それに武。武が初手だ。

神前に向かい伏していた座長たちが隅によけ、武一人が拝殿の中央に取り残された。奉納するのは晒《さらし》という舞だ。反物を水に晒すような動きで、無事に働ける喜びを表す。

橙色《だいだい》の狩衣の懐から取り出した二枚の薄布を膝前に並べて置き、平伏する。楽器の演奏が始まる。布を取り立ち上がらねばならない。だが、体が震えて動けない。頭をぐいと押されたような気がした。強い力で押さえつけられて身動きが取れない。

なにが起きたかわからないまま気持ちだけが焦る。曲は武が動くのを待って同じ旋律を繰り返して先に進めない。自分が役立たずだから神様が動くなと言っているんじゃないだろうか。目に力を入れてなんとか見上げることができた視線の先には、祀られた神鏡。その鋭い輝きに見下ろされていることに、ぞっとした。心が清いか覗かれている。

トン、と軽い足音がした。武の背後で空気が動き、狩衣のさらりという衣擦《きぬず》れの音がする。音だけでわかる、座長が舞っている。

トン、トトトンと足を踏む音。大きく袖をひらめかせる音。武が舞った後に、たにしとれんげが二人で舞うはずの曲を座長が一人で舞っている。どういうことか、二人分の足音と二人分の袖払いの音が聞こえる気がする。見たい。座長の舞が見たい。

すっと頭が上がった。布を取り足を繰り、振り返る。座長がふわりと高く跳躍して、音もなく着地した。武と目が合うと、にこりと笑い、拝殿の端に戻り、たにしとれんげの隣に座した。力が湧いてくる。武はいつも座長から生きる力をもらっていたのだと気付いた。曲が晒に変わった。布をぎゅっと握って立ち上がる。神様に認められた座長が見ていてくれる。武が軽やかに振った二枚の布は、水の流れに乗るようにたゆたった。

三日間の祭が終わった。人目をはばかるように、たにしが消え、れんげが姿を隠し、もみがいなくなった。客間はがらんと広くなり、座長が一人、静かに座していた。

「俺も傀儡になれる？」

座長はいつもの微笑を見せた。首を横には振らない。

「御神様がお許しくださったら、一緒に行こう」

今すぐ座長に抱きつきたかった。だが、座長を困らせるのではないかと思い、武は動けない。ただ、思う。この人と一緒に行けるなら、なんでもしよう。なにを犠牲にしてもいい。門を出た座長が舞いつつ去っていく姿を道祖神の許で見つめながら、いつの日か連れて行ってもらえることを切に願った。

日本中が戦争に傾いていった。進め一億火の玉だ。欲しがりません勝つまでは。そんなスローガンを町の人が看板にして持ってきて村のあちらこちらに立てかけていった。

その年、武は十五歳になっていた。道祖神の許でいつ来るか、いつ来るかと傀儡たちを待った。大祭の前日、竹林に繋がる道を軍服に似た国民服を着た男性が歩いてきた。武はいぶかしく思ってしばらく眺めた。

「座長⁉」

近づいてくるその人は確かに座長だった。傀儡の皆の姿はなく、一人で歩いてくる。いつもなら皆が分担して持っている衣装の包みも座長が自分で背負っている。武は思わず駆け出し座長に縋りつく。

「座長、どうしたの！　皆は⁉」

どこか疲れの見える表情で座長は少し笑った。

「皆、戦争に取られてしまったよ」

「そんな……。じゃあ、傀儡舞は？」

座長はそっと手を上げて武の頬を撫でた。

「私が舞う。安心しなさい」

その言葉通り、座長はすべての舞を一人で舞った。客寄せの舞を終えると拝殿に上がり神饌の舞を奉納する。朝から舞い続けているのに息も切らさない。

武が舞うことは止められた。拙い自分が舞えば、それだけ座長の負担が増えることは理解できた。拝殿を見上げて座長の舞を見つめ続け、武は最後の鑑の舞を見覚えた。

大祭で舞い続けた座長は休みもせず、すぐに国民服に着替え、国防色の帽子をかぶった。顔色が悪く、まるで病人のようだ。

「座長、俺も行く」

武の言葉を軽く首を振るだけで拒絶して、座長は門を出た。いつもの別れの舞を舞うこともなく歩いていく。ついて行こうとする武の腕を母が引いて止めた。

「武、傀儡になるなんてやめて、もう二度と言わないで。国民兵の徴兵年齢が下がっているのは知っているでしょ。村にいて田を作れば徴兵されなくて済むかもしれない」

「俺は傀儡になるために生きてきたんだ。この村を出て行くって決めてる」

その言葉に母はカッとなり、声を荒らげた。

「傀儡なんて身元も確かじゃない、人から金銭をめぐんでもらうような生き方をして、本当は皆から軽蔑されているのよ。ちゃんとした人間になりなさい！」

武はぎゅっと目を瞑り叩きつけたい言葉を飲み込む。大きく息を吐き、しっかり母を見据えた。その迫力に母は返す言葉もなく、歩き出した武を呼び止めることができない。

俯き加減に黙って歩いていた座長は道祖神の許に立つと、ついてきた武に言った。

「私も戦争に行く。武は村にいなさい」

「いやだ、俺は傀儡になる！」

「だめだ！」

座長が大声を出したのを、武は初めて聞いた。悲しくなるほど悲痛な声だった。

「村長の長男であれば戦争に取られる可能性も低い。ここにいなさい。共に行ける日がきっと来る」

深く俯いた座長の表情は見えない。自分が座長を傷つけたかもしれないと思うと、怖かった。動けない武に静かに背を向けて、座長は竹林の向こうへ消えていった。

戦争は苛烈になった。大人はどんどん戦地へ送られ、飢えた人が町から食料を買いにやって来るようになった。戦の疲弊を農村でもひしひしと感じた夏、戦争が終わった。十六歳になった武は道祖神の許に立った。もうすぐ日鑑神社の大祭だ。座長はやってくる、必ず。何日も立ち続け、やって来たのは一人の見慣れた傀儡の老爺だった。背に大きな葛籠《つづら》を背負っている。老爺は武と目を合わせないようにしながら深く頭を下げた。家まで案内すると玄関先で荷物を下ろしただけで家に上がろうとしない。一通の封筒と葛籠を武に押し付けるように渡してから、ぎゅっと武の手を握った。

「どうか、聞いてやってください」

そう言って玄関を出て行く後ろ姿を武は茫然と見送る。しばらくそのまま動けなかったが、正午を知らせるサイレンが鳴って、ようよう手の中の封筒に目を落とした。

『進藤《しんどう》武様』

丁寧な文字に見覚えがある。座長の字だ。中には三枚の便箋が入っていた。すべての舞の名前と演奏する楽器の種類。武を連れていけなかったことを惜しいと思っていること。武が道祖神を越えることなく人生を終えたら、それが一番良いであろうこと。

『だが、武、私は願う。どうか舞を奉納して欲しい。私たち傀儡の魂を伝えて欲しい。私はもう帰れない。できれば成長した武の舞を見たかった』

力が抜けて武は座り込んだ。手紙がはらりと膝に落ちる。

老爺が置いていった葛籠を開けると、真っ白な座長の狩衣が収められていた。袖を通すと、ぴたりと裄《ゆき》が合う。知らぬ間に、武は座長の背丈に追いついていた。

明日から大祭だ。武は狩衣を抱きしめて頬擦りする。舞おう。客寄せの舞も、日の舞も、月の舞も、鑑の舞も。座長が遺した全てを。

大祭は無事終わった。武は水干に袖を通す。これもぴたりと身に添う。母はもうなにも言わない。門を出ると村の人々が戸口に立ち、武を見つめていた。武は村の外へと向かって舞い進む。いつも道祖神の許で立ち止まり見送った別れの舞を、今は自分が。

座長の言葉が甦る。

「共に行ける日がきっと来る」

座長。俺は戦火を逃れた傀儡を集めて、共に村々の祭礼を回ります。それがあなたの遺した思いなら、俺はどんな困難な道のりも歩み続ける。俺の中に確かにあなたの舞があるから。

ああ、だけど座長。俺は幼過ぎてわからなかった。この気持ちがなにか知らなかった。俺はあなたの隣にいたかったんだ。ずっと、あなたとともに生きたかった。

竹林の陰に消える瞬間、武の袖が涙のようにきらりと光ったことを、誰も知らない。

いつか見た日の

猫屋ちゃき

こんなはずじゃなかったのに……と、走り出してから陽子《ようこ》は思った。

「こんなとこ出てってやる！　二度と帰るもんか！」なんて言って家を飛び出したけれど、一体どこへ行くつもりなのだろうか。車も置いてきてしまったし、これでは自宅にも帰れない。

かといって、両親の待つ家に戻ることはしたくなかった。先ほどの父の言葉を思い出すだけで、怒りが湧いてくる。お腹の底がグツグツ煮えるみたいで、とても不快だ。

だが、それ以上に感じるのは、言い知れない悲しみだった。お祝い事のために帰省したはずなのに、どうしてあんなことを言われなければならなかったのだろうと思うと、陽子の足はどんどん家から離れていった。

とはいえ、行く先があるわけではないが。

今日は本当は、実家の両親に就職祝いをしてもらうはずだったのだ。ようやく内定をもらったと母に連絡をすると喜んでくれ、お祝いをしたいから帰ってらっしゃいと言われていた。

当然、父も喜んでくれていると思っていた。だが、実家に帰って陽子を待っていた父は、お祝いとは真逆のことを口にした。

「何で、そんなところに就職するんだ？　お前は、大学を出たら家から通えるところに就職すると思っていたのに」

笑顔で出迎えられると思っていたから、怒ったような顔でそんなことを言われたのが信じられなかった。後ろで母が困った顔をしていたのを見て、きっと陽子が帰ってくる直前に就職先について詳しい話を聞いたのだろうとわかった。

「あっちこっちに出張だ転勤だと移動が多いだなんて、お前はやっていけるんか？」

「やっていけるかって……そんなの、働き始めるまでわからんよ」

「そんな甘い見通しでいいのか？　ちゃんと考えたんか？」

まさか帰宅してすぐお説教されるだなんて思っていなかったから、陽子は咄嗟に言葉を返すことができなかった。

何より、やや強行スケジュールでの帰省だった。だから、疲れていて休みたかった。それなのに顔を合わすなり怒られて、陽子は自分の頭にカッと血が上るのがわかった。

「苦労してやっと決まった内定なのに、何でそんなこと言われんといけんの？」

陽子は大変だった就活中心の生活を思い出して、苦い気持ちで言った。だが、それでも父は怒ったような顔をしたままだ。

「苦労なんて、当たり前にすることやろ。そんなん、いい加減に就職先を選ぶ理由になんかならんぞ」

「いい加減になんか選んでない！　……お父さんにはわからんっちゃ！」

父への怒りが湧くとともに、就活中のつらかった記憶も蘇る。

周囲が六月頃に内定をもらう中、陽子はどうしても本命の業種に行きたくて粘っていた。夏休みに友達が海や旅行に行って大学生活最後の夏を満喫している間、陽子は汗だくになって説明会や面接に足を運んでいた。

本当は、毎年のように両親の待つ実家に帰省したかったが、それよりもいい知らせを届けたいと、我慢して過ごした夏だった。

エントリーシートを何枚も書いた。〝お祈りメール〟もたくさんもらった。そのたびに自分を否定されたような気持ちになってすり減ったが、大人になるには必要なことだと思って耐えた。

そうやってようやく摑んだ内定だったから、喜んでほしかったのだ。父は、褒めてくれると思っていたのだ。

それなのに父の口から否定の言葉が飛び出したから、腹が立って悲しくなって、その衝動のまま陽子は家を飛び出してしまった。

「本当に、ここは何もない……」

走っていた速度を緩めて、ほとんど早歩きくらいになってから、陽子は目の前の景色を見て言った。

道路沿いに広がるのは、稲刈りが終わった田んぼだ。稲藁が掛け干ししてあるのを見ると、季節はすっかり秋なのだと気づかされる。

この生まれ育った町の景色を大学の友達に見せたら、「古き良き日本の景色って感じ」と褒め言葉らしいことを言われたが、陽子にとってはそんな良いものではない。

昔から何もなくて、不便で、時々息苦しくて。ほしいものを得るためには、捨てるつもりはなくても飛び出していかなければならない場所だった。

何もなさすぎて行くあてがなくて、気がつくと陽子の足は神社へと向かっていた。

「あれ？　……こんなもんだったっけか？」

拝殿へと続く急勾配の階段を見上げ、陽子は首をかしげた。記憶の中では神社へと続くこの階段はどこまでも果てしないと思っていたのに、久しぶりに実物を見るとそれほどではなかった。

階段沿いに植えられた木々の葉は、色づいていて秋色のアーケードのようだ。

子供のときはとにかくこの階段を登るのが大変で、泣きが入った記憶もある。だが、大人になった陽子は拍子抜けするほどあっけなく、それを登りきってしまった。

そして、登りきったところでしゃがみこんでいる人影を見つけた。

お年寄りが疲れて休んでいるのかと思ったが、よく見ると若い男性だった。

「あの……大丈夫ですか？」

気分が悪くなっているのだとしたらいけないと思って、陽子は迷ったが声をかけた。するると、男性はそれに反応したように顔を上げ、弱々しく笑った。

「体が弱ってしまって、だめですね」

そう言った男性はすっきりと整った、爽やかな見た目をしていた。その洗練された様子から、絶対に地元の人ではないとわかる。何より、こんな若い人はほとんどこの町には残っていないのだ。

「忙しい生活をしていると、運動不足になってしまいますもんね」

男性に話を合わせてみたが、この階段で疲れてしまうなんて、日頃は一体どんな生活をしているのだろうと気になった。

それに地元の人ではないのはわかるが、旅行者と見るには軽装だった。

「観光ですか？　この辺、何もないでしょう？」

「何もないことはないでしょう」

何となく気になって話のとっかかりをと思って口にしたものの、男性がじっと見つめて言葉を返してきたものだから、陽子は戸惑った。

わざわざこんなところへ来るくらいだから、豊かな自然が残っているだとか、それこそ陽子の友人のように〝古き良き日本の景色〟とでも言うのだろうか。

そんなのは、外から来た人間だから言えることだ。住んでみれば、この不便さに閉口するに違いない。

そう思ったものの、男性のまっすぐな視線に咎められているような気分になって、陽子は言い訳したくなった。

「こういう田舎って、暮らしてみると大変なんですよ。遊びに行くことはおろか、勉強するのも大変で、学校だって選択肢がなくて、ようやくそこから抜け出したと思っても、周りは全然喜んでなんてくれなくて……」

言い訳というより、途中からは愚痴になってしまっていた。

しかし、男性はじっと耳を傾けてくれていた。そんな人が相手だから、陽子も不思議と話してしまった気がする。

「喜んでくれないとは、一体どなたが？」

「えっと……父、なんですけど」

問われて素直に答えると、男性は考え込む顔をした。一体、何が引っかかったのだろうか。

「本当に？　お父さんとあんなに仲が良かったのに？」

「え？」

「きちんと話せば、わかってくれるのでは？」

「何でそんなこと……」

男性は、まるで何もかも知ってるみたいな口ぶりでそんなことを言った。普通なら、変な人に変なことを言われたと思うのだろうが、そう一蹴できない不思議な感じがした。

「せっかく神社に来たんですから、神様にご挨拶しましょうか」

戸惑う陽子に男性はそう言っておもむろに立ち上がると、拝殿まで歩いていった。先ほどまできつそうにしていたからまた気分が悪くなってはいけないと、心配になって陽子もついていく。

男性の言葉で、両親に、特に父に言われていた言葉を思い出した。「神社に来たら、ちゃんと神様に挨拶するんだ。それから何を頑張ろうとしているか報告しなさい。そうすれば、神様は応援してくれるから」というのが、父の口癖だった。

「……じゃあ、失礼します」

男性の手前もあって挨拶しないわけにもいかず、陽子は拝殿に向かって二回お辞儀をし、二回柏手を打った。だが、モヤモヤした気分でここまでやってきてしまったから、神様に一体何を報告すればいいのかすぐに思いつかなかった。

（子供のときは、たくさんたくさん報告したいことがあったのに）

そんなことを考えると、神社にまつわる古い記憶が唐突に脳裏に浮かんだ。


『お父さん！　お父さん待って！』

まだ幼かったときの、拝殿へと続く階段が果てしなく思えた頃の記憶だ。神社にまつわる一番古い記憶はおそらく、幼稚園に入るより前のものだ。

半べソをかきながら父の背中を追いかけていると、足を止めた父が振り返って、笑顔で陽子を抱き上げてくれた。そして、階段の一番上まで連れていってくれた。

『いいか、陽子。まず神様に向かって二回お辞儀するんだ。それから、二回手をパチンとする。そのあと自分の名前と、これから先頑張ろうと思ってることを神様に伝えたら、もう一回お辞儀をすれば、ご挨拶はおしまいだよ』

『はーい』

父に言われ、陽子は二回お辞儀をして二回手を叩き、大きな声で自分の名前を言った。

そして、ご挨拶は心の中ですればいいと教えてもらい、その後は黙って手を合わせて、最後にもう一度頭を下げた。

これがたぶん、陽子が一番最初にこの神社に来たときの、最も古い記憶のはずだ。

それからは、折に触れて訪れる場所になった。

七五三で綺麗な着物を着せてもらったときも、小学生になってから初めてランドセルを背負ったときも、陽子は父に抱っこされてこの階段を登った。体が小さかったからというのもあるが、甘えん坊だったから、一般的には抱っこが必要な年齢を過ぎてからも父に抱き上げられて移動してもらっていた。

父の肩越しに見上げた鮮やかな紅葉や、風に舞う桜の花びら。

陽子の思い出の中のこの神社の、この町の景色は、色鮮やかで美しい。そして、優しい父と共にある。


『寒かったたな。これを飲んで温まりなさい』

いつかの初詣の記憶。父が行列に並んでもらってきてくれた甘酒を差し出す。

『あ、生姜が入ってる。もー、いらなかったのに』

『そうだったか。ごめんごめん』

ひと口飲んで文句を言った陽子に、父は笑った。だが、飲み終わる頃には苦手な生姜の味も気にならなくなっていて、『おいしかった』と言うと『そうだろ』と父は得意げに返した。

キンと冷えた空気の中の、ポカポカする記憶だ。

『何でも好きなもの買ってやるぞ』

境内にずらりと並ぶ屋台を前に、子供みたいにはしゃぐ父が言った。毎年の豊作を祝う秋祭りの記憶だ。

綿菓子やリンゴ飴を買ってくれようとする父に対して、陽子が食べたいのはたこ焼きやアメリカンドッグだった。残念がる父をなだめて、一緒に金魚すくいをしたり、射的でぬいぐるみを取ってもらったり、お祭りを満喫した。

その帰り道、父の背に負われて家路をたどったのも覚えている。

疲れたと言ったのか、帰りたくないと駄々をこねたのか。わからないが父におんぶされて帰ったのだ。

父の背中から、少し先にトンボが飛んでいるのを見つけた。

『お父さん！　トンボだ！　トンボ捕まえて！』

そんなわがままを言って父を走らせた、秋の帰り道。

おんぶして走るなんて大変なことのはずなのに、父は陽子を叱ることなく付き合ってくれた。

まるで映画でも見ているような、記憶の回想は続いていく。

『ベストを尽くしたのなら、あとは自分と神様を信じなさい』

これは春を待つまだ肌寒い空気の中、高校入試の後に父と一緒に神社を訪れた日のこと。

『これで陽子も都会のお嬢さんの仲間入りしてしまうんか』

『都会ってお父さん、私が住むんはただの学生がいっぱいおるところよ。便利はいいけど、都会っていうほどのところやないよ』

大学の合格発表の直後、神様にお礼を言いに来たときのことだ。

父が笑顔なのに泣きそうなのを見て、そのときは嬉しくてたまらないのだろうと思っていた。一緒になって喜んでくれているのだろうと。

だが、今改めてあの表情を思い出すと、それだけではなかったのだとわかる。

（お父さん、寂しかったんやね）

春の花の色。夏の、水を張った田んぼに映る空の色。秋の萌えるような木々の色。冬の重たい空と雪の色。

思い出してみれば、故郷は色彩豊かで美しい景色ばかりだった。

その美しい景色の中で、いつも父に可愛がられていた、愛されていた。

次々に蘇る記憶によって、陽子はそれを再認識することができた。


「……あれ？」

ハッとして目を開けて、陽子は自分がしばらく意識を手放していたことに気づいた。

男性と一緒に拝殿前で手を合わせたことは覚えているのに、いつの間にか階段で座り込んでいる。それに、周囲を見回しても、あの男性の姿は見えない。どうやら陽子が眠ってしまっている間にいなくなったようだ。

「どうしたんだろ……こんなところで寝ちゃうなんて」

自分のしてしまったことに混乱していると、遠くから呼ぶ声が聞こえてきた。

それが父の声だとわかってほっとしたとき、息を切らして階段を登ってくる姿が見えた。

「お父さん」

「やっぱここにおったんか」

「何でわかったん？」

「何でってお前、小さいときから叱られたら神様のところに行く子やったけ」

陽子の姿を見て、父は安堵を滲ませて笑った。

その顔を見たら、年甲斐もなく家を飛び出してしまったことや、父に言われたこと、それによって生じた怒りと悲しみを思い出して、複雑な気持ちになった。

今感じているのは怒りと悲しみだけではないが、それでも切り替えるのにはまだ少し時間がかかりそうだ。

「神社から出てきたっぽい男の人見んかった？　さっきまで一緒やったんやけど」

「何？　不審者か⁉」

先ほどの男性のことが気になって尋ねようとすると、父は顔色を変えて心配した。そういえば父はこういう人だったと思い出して、陽子はおかしくなって笑ってしまった。

父は、いつでも陽子のことが心配なのだ。

「不審者じゃないよ。すんごいイケメンやった。地元の人じゃなくて観光で来てたみたいなんやけど。で、その人見た？」

「見とらん。そんなやつ知らんぞ」

父の頭の中が娘がイケメンと一緒にいた事実でいっぱいになってしまっているのがおかしくて、陽子はあの爽やかな男性のことはどうでもよくなってしまっていた。

「さ、そろそろ帰ろうな。母さん待っとるけ」

陽子が笑い止んだところで、そう言って父が階段に足をかけた。

小さな頃は、神社から帰るときは父におんぶしてもらっていた。今は当然おんぶなんていらないし、ヒールのある靴を履いて隣に立つと、目線の高さがそんなに変わらないことに気がついた。

「お寿司を出前で注文しとるけな。最近、この辺りまで届けてくれる店ができたんよ」

「やった。お寿司嬉しぃ」

「陽子は味噌汁は市販のじゃ嫌やろうけ、母さんが作ってくれとるからな。赤だしのやつ」

「ちゃんと覚えててくれたんだ」

「当たり前やろ。それに今日はお祝いやけ。好きなものを食べさせてやりたいやろ」

階段を下りながら会話していると、陽子も父もしんみりとしてしまった。本当は、仲が良い親子なのだ。時々母がやきもちを焼くくらい。

だからこそ、お祝いの言葉より先に責めるようなことを言われたのが悲しかったのだ。

「……さっきはごめんな。あんなこと言ってしまって」

階段を下り終えたところで、ぽつりと父が言った。父の寂しさを想像することができた陽子は、もう腹を立ててはいない。だから、「私こそごめん」と謝った。

「父さんはただ、帰ってきてほしかっただけなんよ。ここがひどく不便な場所で、通学ひとつとっても、お前がどれだけ苦労したか知っとるくせに」

「確かに不便やったけど、本当に大変なときはお父さんが迎えにきてくれたけ。それに高校に入ってからは、駅まで毎朝送ってくれたし」

父に言われて思い出したが、高校生の頃は本当に大変だったのだ。

この辺りの子たちのほとんどが入学する地域の高校よりもさらに偏差値の高いところで学ぶために、陽子は県内有数の進学校に行くことに決めた。

だから、毎朝早くにバスと電車を乗り継いで行かねばならなかったのだが、少しでもゆっくり起きられるようにと、父が駅まで送ってくれるようになった。帰りが遅いときは迎えにきてくれた。父だって仕事で疲れていただろうに。

大学に入って車を買ってもらってから、運転や人を乗せることの難しさがわかったはずなのに、陽子は便利さと自由を味わうことしかしなかったのだと、今気がついた。

「陽子が就職決まって、本当は父さんも嬉しいんよ。でも、やっぱり出張やら転勤やら多いっていうのが心配で……実家でまた甘やかしちゃれるって思っちょったけね」

父が呟くように言うの聞いて、陽子は改めて愛されているのを感じた。

陽子のわがままをたくさん聞いてくれて、陽子がなるべく苦労しなくていいようにいつも心を砕いてくれた人だ。大変そうな仕事に就くとわかって、まず心配したのだろう。

「あ、トンボだ……」

田んぼのそばを歩く二人の横を、トンボが飛んでいった。

「そういえば、おんぶしてもらってるときに、『トンボ捕まえて』って言って、お父さんを走らせたことがあったよね」

「そういえば、あったな。よく覚えとったな」

「さっき、神社で寝とったときに見た夢の中で、思い出したんよ」

伝えたくなって、陽子は先ほど見た不思議な夢の話をした。父と折に触れて訪れた神社の思い出。その記憶の中の、この町の美しい景色のこと。

きっと今日、神社を訪れなければ思い出さなかったことばかりだ。

「そんなことがあったんか……もしかしたらそれは、神様が見せてくれたんかもしれんね」

陽子の話を黙って聞いてから、父が静かに言った。その声に冷やかす響きはないから、真剣に言っているのだとわかる。

「神様……え、神様って、あの神社の神様？」

「おるらしいよ。いや、神社に神様おるのは普通やけど、あそこの神社の神様は人間が好きやけ、たまに人前に出てきたりするって話なんよ。お父さんは、見たことないけどな」

「へぇ……あ！」

こんな田舎だから神様がいるのかと納得しかけたところで、陽子の頭に神社で会ったイケメンのことが浮かぶ。もしかしたら彼が神様なのではないかと思ったが、父の手前、それは言わずにおいた。父はイケメンの存在に敏感だから。

「何もないとこだけど、たまには帰ってこいよ」

真正面から言うのはきっと照れるのだろう。父は恥ずかしそうに言った。

〝たまには〟じゃなくて、本音は頻繁に帰ってきてほしいに違いない。それがわかるまでに気持ちが落ち着いたから、陽子は笑顔で答えることができた。

「何もないこと、ないよ。こんなに自然は綺麗だし、神様もいるし。それに、お父さんとお母さんがいるから」

そのときそっと風が吹いて、今しがた二人が下りてきた階段沿いの木々を揺らす。

それはまるで、誰かが穏やかに笑った気配に似ていた。

お稲荷さん、
引き取りにまいりました

日野裕太郎

1

待ち合わせといえばそこで、相談事をするときもそこで、喧嘩をするときも、仲直りをするときも、思い返せばいつもそこにいた。

小学生から中学生くらいの間、道のはじにあるそのちいさな稲荷神社がずっと溜まり場になっていた。

高校で自転車通学になり、通学路が変わった。それまでは毎日稲荷神社の横を通っていたのだ。そして大学に入り、またおなじ道を通学路として使うようになった。

直樹《なおき》がとくになにも考えず、日々通り過ぎていたなんの変哲もない稲荷神社は、いつの間にかグリーンのネットフェンスに囲まれていた。

大学に向かうその朝、フェンスに大きな看板が掲げられていた――『取り壊し工事のおしらせ』。

取り壊した後はよそに移動するという。その旨の書かれた看板の前で数分を使い、その数分を取り戻すため、大学の講義室まで走ったり焦ったりと忙しい朝になった。

「朝抜いてるときに走ると、めちゃくちゃ腹減るのな」

昼になり、大学食堂で直樹はカツ丼を口に運ぶ。おなじテーブルについた里緒《りお》は、スマホをいじりはじめた。

「あそこのお稲荷さんって、近くの……なんだっけ、大きな工場持ってる企業。あそこの管轄……っていうのかな、あの企業が管理してる神社だよね」

里緒とは小学校時代から顔をつき合わせている。学区がおなじなので、中学校もおなじ学校に通った。しかし高校大学と、そこまで一緒になるとは思っていなかった。腐れ縁が高じ、いまでは一応交際中となっている。

里緒は手元のスマホを直樹に差し向けてきた。

「サイトに告知出してるんだね、来年から移転工事だって」

企業のホームページにあるお知らせは、フェンスに掲げられていた内容とおなじだ。

「本社の建物が新しくなるから、そっちに神社を移すのか。なんでだろ。お稲荷さん、あのままじゃ駄目なのかな」

「あの神社、かなり昔からあったよね。さすがに老朽化とかそういうのじゃない？」

人間の暮らす建物同様、神社にもメンテナンスが必要なのだろう。通学途中、神社の敷地内で植物の手入れをする職人の姿は時々見かけている。

「俺らが小学生のときには、もうあっちこっちひどい有様だったもんなぁ」

神社でどこかが壊れると、いつもいつの間にか修繕されていた。

小学生当時の直樹はなにも考えず、壊れていても修繕されていても、勝手に社の扉のなかに入っていた。足を踏み入れたそこは狭い空間だった。屈まなければ頭をぶつける高さの、小学生が秘密基地にするのに打ってつけの場所である。

神さまの本体なのだろう、そこにはよくわからないものが鎮座していた。よくわからないなりに、当時の直樹たちは畏怖を覚えていたものだ。

そこに入って遊ぶときは手を合わせた——そして、心置きなく遊んだ。

「神社っていえばさ、五年生のとき、里緒、告白してきてたじゃん？」

なつかしく思い出し、直樹の顔は緩んでいる。

「私？」

きょとんとした里緒の顔を、幼いころから知っている。そのことがなんだか誇らしい。

「神社のなか、床に穴開いてたことあるじゃん、本体の前あたり、地面見えてたやつ」

「小学校卒業前くらいだっけ。中学生が学校のノコギリ持ち出して開けたとかって」

「そこに仔猫隠して育ててたやついたけど、あれって誰だったんだろ」

「……うちの妹だよ」

「え、じゃあ里緒んちの猫って、もしかしてあのときの？」

「うん、仔猫隠してたってバレたら、穴開けたのもうちのせいにされそうじゃない？

だから内緒にしてた――で、告白がなんだって？」

「それ、バレンタインにラブレターくれてたじゃん、あれって告白だったんだよな？」

「あげたっけ。あんま覚えてないや」

空になった皿に目を落とす態度から、里緒はラブレターのことを覚えていそうだった。

「俺と一緒にいたいとか書いてあってさぁ、すっごい嬉しかったんだよなぁ」

「それがなに、いま蒸し返してなんなの。なにが神社っていえば、なの」

汚れていない口元をナプキンで拭き、里緒は目を細めている。

「それそれ、神社の床に穴開いてたとき、地面掘ってタイムカプセルみたいにして埋めたんだよ」

「埋めた？　直樹、レポート書くときもそんな主語ないまま書いてるの？」

最近提出したレポートでも、おなじ指摘を受けていた。

「……煎餅の缶に宝物つめて、穴に埋めたんだよ」

「宝物？」

「シールとか、アイスの当たり棒とか……あと里緒がくれたラブレター」

里緒が目を見開いた。

「気がついたら穴も塞がってたから、回収できてなくてさ。まあ、そのことも忘れちゃってたんだけど。思い出してみるとなつかしいなぁ」

「……私の名前、書いてあるじゃん」

「書いてあった……かな？　うん、書いてあった気がするな」

「なに呑気に構えてるのよ、工事はじまったら誰かに見られちゃうじゃない！」

「いまさら里緒の名前から探し出して文句いってくる、なんていうのもないだろ――あ、もしかしたら里緒のこと探し出して、神社の修理代払えっていわれたり……とか？」

自分でそういって怖くなってきたが、直樹は向かいの席の里緒の目つきに気がついた
――そっちのほうが怖く、直樹は口をつぐむ。

「……だったら、工事がはじまる前に取り返してくればいいでしょ」

「え、床の穴も修理してたし、もうそんなん無理じゃ……」

「確かめてからいいなさいよ、そんな弱音。昔のやつでもひとに見られるなんて絶対にいやだからね！」

身を乗り出しにらみつけてきた里緒の目は真剣で、直樹はとっさにうなずいていた。

2

神社を囲むフェンスは道に面した一箇所が途切れ、そこが出入り口になっている。朝通ったときは工事の看板だけだったのが、夕方に通りかかると、敷地に入れないようロープが渡されていた。立ち入り禁止、と貼り紙つきの三角コーンまで置いてある。とはいえ厳重なものではない。とりあえず、と直樹はロープを跨いで敷地に入った。フェンスに沿って剪定された木と植えこみが、往来の音を遮断するようだ。道からよくよくのぞきこまなければ、直樹が神社の前に立つ姿も目につかないかもしれない。こちらとあちらが隔絶された場所に立っている気がし、神妙な気持ちになっていた。

「お邪魔します……なんだっけ、御扉っていうんだっけ」

つぶやき、直樹は社の扉にふれる。

閉ざされた木製の扉はちいさいものだ。昔はあんなに簡単に手をかけていたのに、迂闊に開けるのはよくないのでは――そんな考えが脳裏をよぎる。

「あ、鍵かかってないや」

過去、穴が修繕された後は、直樹や友達たちは敷地で遊ぶだけに留めるようになっていた。社のなかを荒らすのはいけない、と小学校の朝礼で校長がスピーチをしたのだ。持ち主である企業から、なにか話があったのかもしれない。

それでも敷地やフェンスの周辺は、子供たちの待ち合わせや遊び場として生き続けていた。最近も小学生くらいの子供がたむろするのを見かけている。

「ちょっとお兄さん！」

扉を開けようとしたときに声が聞こえ、直樹は身体をすくませた。

自分のこととは限らない。だが神妙な気持ちになっていた直樹には、自分のしていることを後ろめたく思う部分があったのだ。

「なにやってんの、ちょっと！」

声は道のほうから聞こえている。目を向ければ、フェンス越しに立つ老齢の女性が、直樹に向かって口を開くところだった。

「あなたよ、あなた。いい歳して神社にいたずらなんて、なに考えてるの！」

そろりそろりと後ろ歩きで社から離れ、石でつくられた歩道に立っていると、彼女はゆっくりとした動きでロープを跨ごうとする。その動作がぎくしゃくしていて、転んだら大変だ、と直樹はそちらに向かった。

「大丈夫ですか？　無理しないでください」

「……無理もなにも、無茶しようとしてるのはお兄さんでしょうよ。取り壊すからって、いたずらなんかしたら駄目よ！」

「べつにいたずらは……」

世間的にはいたずらになるのだろうか。直樹はロープの外に出る。

「さっきも小学生が遊んでたし、取り壊すからってなにしてもいいわけじゃないのよ」

たしなめてくる老女は、何度か目にしたことのある顔だった。神社の周辺を掃除する姿を時々見かけている。

「あの、このあたりの掃除してる……」

「そうよ！　誰もやらないんだもの、ずっとあたしが掃除してきたわよ」

胸を張る老女は、細い指を直樹の鼻先に何度も突きつけてきた。

「小学生といいお兄さんといい、油断も隙もあったもんじゃないわ。いままで掃除してたよしみみたいなものよ、あたしが見張ってないといけないわね」

「べつに見張ったりしなくても……」

「お社にいたずらなんて絶対駄目よ、わかった？」

もしかしたら耳が遠くなっているのかもしれない。言葉はしっかりしているが、やけに大きな声で老女は話す。タイムカプセルの回収のことはいわないほうがいいだろう、直樹はさらに言葉を重ねそうな老女から、逃げるようにして家に帰っていった。

いたずらを叱ってくれるのはありがたい存在だが、せめて社のなかがどうなっているか見ておきたい。てきとうに「無理だった」と里緒に報告することも考えたが、どうしてか直樹の嘘は見抜かれてしまう。

工事は来年の予定なのだ、それまでに確認できればいいだろう。

直樹はわりと気軽に考えていた。神社の横は毎日通っているのだ。さっと入ってさっと確認し、もし取り返せそうなら宝物の箱を手に入れたらいい。

しかし朝も夕方も、神社の近くにはいつも老女がいた。

あちらも直樹の顔を覚えたらしく、警戒した目つきを隠さないながらも挨拶をしてくる。本当に一日中そこにいるのかわからないが、「ずっと神社におばあさんがいる」と里緒に話したところ、「直樹の幻覚じゃないの？」といわれる始末だった。

里緒に一緒にきてもらおうにも、彼女の実家はべつの土地に引っ越している。里緒もアルバイトで忙しく、直樹はひとりで神社を気にかける日々が続いていた。

秋が終わりに向かい、すっかり冷えた空気が当たり前になってきたころ、直樹は夜勤のアルバイトをはじめた。アルバイトの頻度は低いから、と軽く見ていたが、睡眠サイクルが乱れたからか仕事に慣れていないからか、初日からひたすら身体が怠い。

「これ、バイト続くかな……」

初出勤の後、直樹は始発電車で地元に戻った。薄暗い道を寒さに身を縮めて歩いていると、神社の一角が見えてくる。まだ街灯の光が強く感じられる時間帯だ。頭のなかもしんと冷えたようになっていて、いつもと違って見える光景に得をした気分になった。

「……え、まじ」

フェンスの片隅、ダウンコートが丸めて置いてある——一瞬そう思ったが、直樹の目はそれがうずくまる老女なのだと理解していた。

「ちょ……ちょっと、大丈夫ですか！」

なにがどうと考えるより先に、直樹はそちらへと走り出していた。

3

表札には『戌居《いぬい》』とあり、老女をそこまで送った。

最初は救急車を呼ぼうとしたのだが、彼女が猛烈な抵抗を見せたため、直樹はせめて送らせてほしい、と提案した。道にうずくまる彼女に手を貸した直樹は、その身体が芯まで冷え切っているだろうと察している。

出迎えるもののいない戌居家に彼女をひとりにするのが怖かったため、直樹は招かれるまま家に上がりこんでいた。古い家は直樹の実家といい勝負だ。エアコンと石油ストーブとこたつのスイッチを戌居が入れていくのを、直樹はおとなしく眺めた。

「くらっとしたのよ」

石油ストーブに手のひらをかざし、戌居は口を開いた。

「前は朝だけ掃除に出てたのに、最近は回数増えてたから……くたびれたのかもねぇ」

「……そんなにまでして掃除しなくてもいいんじゃ」

「掃除といたずら防止を兼ねてるのよ、責任重大だわぁ」

「どっちも、戌居さんが責任持ってやるようなことじゃないですよ」

たしなめた直樹に、戌居はため息をついた。

「すぐ目の前でいたずらしようとしてたの、誰だと思ってるの」

それもそうだ。

直樹もため息をつき、白状することにした——以前あそこに宝物を隠したのだ、と。

「あら、お兄さんもなの？」

口を尖らせた戌居の顔色は、徐々に赤みを取り戻しつつあった。

「……じつはね、若いときにあたしも宝物隠したことあるのよ」

何年前のことか、と尋ねるのはやめておくことにした。

「もとは空き地だったのよ。まだ嫁いできたころで……とくに大きな木があるでしょ？

あれスダジイっていう木なのよ。あたしが若いときには、木も若木でねぇ……そこの根元に埋めたの」

取り戻したいのだ、という戍居に、直樹は首をかしげる。

「どの木なのかわかってるなら、掘ればいいんじゃ」

「神社が建ってみたら、木の場所も移動しちゃってたのよ。のべつ幕なしに掘るわけにいかないでしょう？」

「絶望的じゃないですか」

「絶望ってそんな簡単にいわないで！」

「なに埋めたんですか？」

「……昔もらった、ラブレター」

いうなり、戍居は口元を覆って笑いはじめた。

神社の工事のどさくさでも、もう手紙は取り戻せないのではないか——照れ笑いの声を聞いた直樹は、その意見を口にできなくなってしまった。

「大切なものだったの。あそこにあるのはわかってるし、まわりを片づけて、いたずらされないように、って……神社取り壊したら、あそこどうなっちゃうんだろうねぇ」

石油ストーブの赤い光を受けた戍居の目は、どこか遠くを見つめているようだった。

◇

「こんにちはぁ、なにかご用ですかぁ？」

スコップを手にした状態のところに声をかけられ、直樹は身体を硬直させていた。

「こちら立ち入り禁止になってますのでぇ」

社名が胸元に刺繍された作業着を着た男性がふたり、ロープを跨いで神社の敷地に入ってくる。社の扉を開こうとしていたが、直樹は今回も果たせなかった。人気がないことを確認していたが、そうそううまくは運ばないようだ。

男性の目がスコップに注がれ、その顔から表情が引いていった。まだなにもしていないが、わざわざロープを跨いで入った負い目がある。万一通報されたら困るのは直樹だ。

「……ちょっとお話うかがえますかぁ？」

「あ、はい。僕としてもお話しできると助かります」

直樹はすべて話すことにした――近所の住人であること。穴があるのをいいことに、昔タイムカプセルを隠したこと。できれば手元に戻したいこと。神社を掃除していた戌居の件も話した。自分以外にもいます、と告げ口をするのは楽しい気分ではなかった。

「タイムカプセル？　もしかしてお煎餅の金属の缶かな、どこだっけ……贈答品でもらうようなメーカーの」

ふたりとも思い当たるものがあるようだった。尋ねてみれば、以前の修繕工事の際見つかったもので、本社で拾得物として保管されているという。神社の穴、その直下に埋めていたのだ。タイムカプセルは見つけやすい状態だったのかもしれない。

とっくに他人の目にさらされていたと知ったら、里緒はどんな顔をするだろう。

「拾得物、ほかにもありましたよ。かなり昔なんですが、神社を建てるときに、木のあたりから手紙が出てきたりとか……まあそれはともかく、お煎餅の缶、引き取りにいらっしゃいますか？」

上機嫌の戌居と連れ立って歩き、稲荷神社の前に差しかかると、どちらともなく足を止めていた。あたりには落ち葉や細かいゴミが散らばり、以前のきれいな状態ばかり目にしていた直樹としては、惨憺たる有様に映る。

「……戌居さんが掃除してくれてたから、このあたりってきれいだったんですね」

「いいこというじゃない。そういうことに気がついたら、ちゃんと口に出すのよ。お兄さんも奥さんにちゃんと伝えていかないと駄目よ、熟年離婚しちゃうからね」

神社の持ち主である企業の本社に、ふたりで出かけた帰りだった。

身分証を持参し、拾得物を引き取ってきたのだ。

直樹のタイムカプセルは埋めている間に蓋がズレていたようで、水が入りこみ中身はひどいことになっていた。里緒がくれたラブレターなどは、インクが滲んでなにも読めない状態になっている。

それでも持ち帰ってきた。

実物を前にすると、書かれていた文章を思い起こせた。直樹くんと一緒にいると楽しい、ずっといようね――そう書かれていたのだ。手紙をもらったときは、気軽に素直に、「俺も楽しいよ！」と鈍感な返事をしていた。高校くらいのときには、気持ちが向き合っていると察していたが、里緒に伝えたのは大学入学が決まったときだった。

やっとだね、と嬉しそうに笑った里緒と、直樹はこの先も一緒にいるつもりだ。

直樹のタイムカプセルに対し、戌居が埋めた手紙は無事だった。幾重ものビニール袋で厳重に守られていた手紙は、戌居が肩から提げたカバンに大切にしまわれている。

てっきり直樹はその手紙の送り主のことを、彼女が添い遂げられなかった初恋のひとかなにかだと考えていた。

それは違っており、足を悪くして現在入院している彼女の夫からのものだった。彼女の夫が存命とも思っていなかった直樹は、そのことも口に出さないと心に決めている。

「うちの旦那はいいひとなんだけどね、姑がアレで……いびられちゃって、あたしの荷物はどんどん駄目にされちゃったの。廃油かけられたり、鋏で切られたり」

「だから、手紙は隠したんですか」

「……旦那の手紙は、買い換えなんてできないもんだから」

自分のタイムカプセルは残念な状態になっていたが、嬉しそうな戌居の姿に、彼女の手紙が無事でよかった、と心底思うことができた。


新しいアルバイトの面接は、即決で採用が決まっていた。夜勤のアルバイトは続かなかったな、と直樹はのんびり足を動かしている。

「お兄さん！」

声がかかってそちらを見れば、箒片手の戌居が神社の前にいる。そのとなりにはひょろりと背の高い老人が並んで立っていた。

「うちのひと、退院したのよ。散歩するのも大事だから、掃除つき合わせてるの」

温和そうな老人は、ちりとりを大事そうに抱えて笑っている。

夫君と挨拶をするかたわら、神社のロープの向こうもきれいに掃除されているのを確認していた。なんだかんだ直樹にいっておいて、戌居は堂々となかに入っていく。

「うちのはやかましいでしょう、よろしくお願いしますね。若い友達ができたって、喜んでるんですよ」

「こちらこそ……あの、ご夫婦仲がいいですけど、秘訣とかあるんですか？」

「まあ……ちゃんと気持ちを伝えることですかねぇ」

照れながらそう話す彼は、ロープの向こうで落ち葉を拾う夫人に目を向けている。

「手本があったら、ぜひ見せてほしいです」

ふたりして笑っていると、ロープの向こうから夫人が戻ってきた。

直樹は暇《いとま》を告げ道を進み、ふと思いついて戌居夫妻のほうを振り返った。

道端でふたりは寄り添い、手元の大きな落ち葉を眺めなにか話している。里緒と自分も夫妻のようにずっと一緒にいられるだろうか。先のことはわからないが、一緒にいるのは里緒以外に考えられなかった。

あのふたりのように、と思い、直樹は無性に里緒に会いたくなっていた。

御神木は語らない

編乃肌

人の命はとても短い。

三百年も生きていると、その儚《はかな》さを日々感じずにはいられないものだ。

「神様、厚待遇な最高の就職先に巡り合わせてください」

「志望校、絶対合格！」

「この子がどうか無事に生まれてきてくれますように」

「イケメン彼氏が欲しいです、お願いします……！」

暖かい日差しが心地よい、数えるのも飽きた何度目かの春。

今日も今日とて、地方の古びた小さい神社ながら、人々は様々な願いを込めて、この私の横を通り過ぎて参拝に訪れる。

——私は、神社の境内《けいだい》に立つ御神木だ。

樹齢三百年を超える銀杏《いちょう》の木。天まで届くと謳《うた》われる背丈と、どっしり構えた幹は少し自慢だ。私の前で足を止める人間たちは、この雄大な姿に感嘆のため息をもらす。悪い気分ではない。

どこから広まったのか、御神木にも特別な力があるとかで、私に対して願いを掛けていく者もいるくらいだ。

ほら、今も。

「もう名前も決めてあるんです、どうか……」

「僕からもお願いします。元気に生まれてきてくれたら、それ以上はなにも望みません」

お腹を膨らませたまだ年若い妊婦と、それを支える夫。先ほども参拝して、安産祈願のお守りも授かっていた夫婦だ。

私は大きく広げた枝葉から、どんな小さな囁きでもたくさんの人間の声を拾うことができる。聞けば、神社の近隣に住んでいるこの夫婦は、早く子供が欲しかったがなかなかできず、周囲からプレッシャーをかけられるなどそれなりに苦労もあったらしい。

ようやく待望の子宝を授かって、子の顔を見たい想いは切実であろう。私の前で手を合わせて祈る姿にも真摯さを感じる。

残念ながら、私に人間の願いを叶えられる神様のような力はないのだけれど、葉を少し揺らして私なりのご祈禱をしておいた。

この夫婦が望むように、無事に元気な子が生まれてきてくれますように。

「御神木様！　聞いてください！」

私に張り付く蟬の声が少々うるさい、数えるのも飽きた何度目かの夏。

神社に小走りで駆け込んできた少女は、参拝を終えたら一目散に私のもとまでやってきた。父親に誕生日に買ってもらったという、お気に入りの赤い水玉模様のワンピースを着た彼女は、もう十を越えた年くらいか。

少女はあの安産祈願をしていた夫婦の子供だ。

私のご祈禱が効いたのか無事に生まれ、スクスクと育ち、またこの神社に感謝しているる両親の影響だろう、たいそう信心深い子になった。

雨の日も風の日も、ほぼ毎日のようにここに来る。小学校の帰りだったり、今日のように休日は朝からだったり……二礼二拍手一礼も踏まえてきちんと参拝して、その後で私に向かって、日常の些末《さまつ》な出来事を報告していくのだ。

先週はペットを飼いたいと頼んだのに母が許可してくれなかったとか、先日は父とスポーツ観戦に出掛けたとか。

彼女の話を聞くことが、四季を追うことくらいでしか時間を消費できなかった私の、ささやかな楽しみになっていた。

「それでですね、御神木様。隣の席の男子が、いつも私にだけ意地悪をするんです。体育ではわざとぶつかってくるし、教科書持っているくせに私の見せろって言ってくるし、私が誰かとお話していると邪魔してくるし……嫌いなら放っておいてくれればいいのに、ちょっかいばっかり！　酷《ひど》いんです！」

ううん、この男の子の話は五度目くらいか。

それは思春期の男の子特有の、『好きな子に意地悪してしまう』という困った一面ではないかと思われる。私の声はあいにくと届かないので、彼女はひとりで怒り続けているけれど……。

「男子って本当にガキで嫌になっちゃう！」

「……ねえ、あの子ったら木に向かって話しかけてない？」

「変な子だよね」

木を相手にする少女に、他の参拝客は奇異なものを見る目を時折向けている。しかしながら、彼女は慣れたもので一切気にしていない。

本当に、たくましく強く育ったものだ、うん。

「あっ！　帰って宿題しないと、お母さんに叱られちゃう！」

ひとしきり話し終えて満足すると、少女は時間を気にして足早に去っていった。場が静かになってから、私の太い幹を隠《かく》れ蓑《みの》に、彼女とは反対側に身を潜めていた少年がそろそろと顔を出す。

もう少女は行ったから、安心して出ておいで。

「アイツ、いつも本当にこの神社に来ているよな……別に意地悪、しているつもりじゃないのに」

そう呟《つぶや》く少年は、好きな子から自分の愚痴を散々聞かされて拗《す》ねていた。不貞腐《ふてくさ》れた顔で、私の幹を軽く蹴る。ちょっと痛い。

まったく、私以外の御神木だったら罰当たりもいいところだ。私は寛大だから許してあげるが、そんなことじゃ少女に想いは伝わらないぞと、窘《たしな》めてやりたくなる。

実は先月の頭から、この少年もよくこの神社を訪れるようになっていた。少女が頻繁に来ていることを偶然知って、ここに来れば少女に会える……と考えたようだ。

無論、少女は知らぬことだ。

「はあ……上手くいかねぇなあ」

深々と溜息をつく少年。うちは安産や子授かりのご利益があると言われている神社で、縁結びの神社ではないのだけれど、まあ頑張りたまえ。

ミーンミーンと求愛行動に勤しむ蟬さん共々、ここで私も応援しているよ。

私の葉がもっとも美しく色付く、数えるのも飽きた何度目かの秋。

少女はずいぶんと暗い顔でトボトボとやってきた。

中学生になった彼女は、赤い水玉模様のリボンで髪をポニーテールに結っている。もう着られなくなった父からの贈り物であるワンピースを、裁縫好きな母がリボンに変えてくれたそうだ。

どちらの愛情も籠《こ》もったリボンは、少女にとてもよく似合っていた。

だけど暗い顔の原因は、その父と母にあるらしい。

「聞いてください、御神木様。最近、お母さんとお父さんの喧嘩が多いんです……。お父さんが仕事で出世して忙しくなってから、お家にいる時間も減って……お母さんはまた飲み会なんて本当なのかとか、浮気しているんじゃないかとか、いつもイライラしていて……昨夜も言い合いをしていました。そ、そのうち、私の家族が、こ、壊れちゃうんじゃないかって」

話しているうちに涙腺が緩んだのか、目元を潤ませてズズッと鼻を啜る少女。

喧嘩など滅多にしそうもない、仲睦まじい夫婦に思えたが……別段、私は驚かない。人と人との関係が変わってしまうのは、悲しいけれどよくあることだと知っているから。

「元の仲のいいふたりに、どうやったら戻ってくれるんだろう……私はただ、家族とずっと一緒にいたいだけなのに」

だけど……私の幹に背を預けて、耐え切れずに泣き出した少女の擦り切れた心が、少しでも休まって欲しいとは思う。

泣かないでおくれと、声を掛けることもできない自分がもどかしい。

ただ心ばかりの気休めに、ハラリハラリと、黄色い落ち葉を彼女の頭上に降らせてやった。

「わっ！　ははっ、御神木様が慰めてくれているみたい！」

彼女は両手で葉をキャッチして、やっと笑ってくれた。

……私の幹の反対側に今日も隠れている少年は、今なにを考えているのだろう。

こういう時こそ、耳を傾けるだけで語れぬ私の代わりに、少女に話しかけて寄り添ってくれたらよいのに。

人には言葉があるのだから。少女の父と母だって、きちんと互いの言葉を尽くせば、もっと娘を泣かせずに済むのではないのか？

しかしながら何故か、人はその便利な言葉を上手く扱えなかったりもする。

本当に、難儀《なんぎ》なものだ。とてもとてもままならない。

結局少女が去るまで、姿も現さずただ立ち竦《すく》むだけだった少年にも、私はエールを込めて一枚葉を降らせておいた。

「うっ、ひっくひっく……」

人にも植物にも寒さが厳しい、数えるのも飽きた何度目かの冬。

ふわふわと粉雪が舞い散る中、私の前でうずくまり、少女が嗚咽《おえつ》をもらしてまた泣いている。風邪を引いてしまうよと心配になるほど、もう小一時間も。

ここ数年で見慣れてしまった光景だが、今日は一段と荒れていた。

高校生になった彼女は有名進学校の制服を着ており、じきに難関大学の受験も控えている。神様に絵馬を掛けるだけでなく、私に向かっても繰り返し合格祈願をしていた。

それは自分が、これだけ立派に育ったことを証明できれば、両親に笑顔が戻ると信じてのことで……。

しかしながらそんな娘の意に反して、進路のことで両親がぶつかって喧嘩になり、ついに母の口から『離婚』という単語が飛び出したという。

少女の両親の……私に彼女が無事に生まれてくることを願ったあの夫婦の、不仲は数年にわたり続いており、辛い内容の報告も少女の口からたくさん聞いてきた。

まだ本格的な離婚話にはなっていないようだが、このままだと時間の問題であろう。

家には外より冷え切った空気が流れているそうだ。少女もそれをわかっていて、私のもとにやってきてこうしてしゃくりあげているのだ。

手にはあの、赤い水玉模様のリボンを握り締めて。

「答えてください、御神木様……どれだけ仲のよかったふたりでも、こんなふうに壊れてしまうんでしょうか。私のお母さんとお父さんは、このまま別れてしまうんでしょうか。答えてください、答えてください、御神木様」

……たとえ私が、人と同じ言葉を使えたとしても、きっと答えられぬ問いであろう。

頭に積もり出す雪を払うこともせず、少女は「こんなふうに嫌い合って別れてしまうなら、私は誰も好きになんてなりたくない……」などと、寂しい呟きを雪と共に空中に吐き出す。

今日もまた、私の幹に隠れて少女を見守るだけの少年が、ピクリと身動《みじろ》ぎしたのがわかった。

必死の勉強の甲斐虚しく、少年は少女と同じ高校には進めなかったようだが、一途な彼の想いは変わらないらしい。だが相も変わらず、奥手で不器用だ。私が人であったなら、彼の背も押してやれるのに。

少女の涙に心を痛めてきたのは、なにも私だけではないのだと、少女に知って欲しいと思うのは高望みだろうか。

「もうやだ……やだよ」

溜まった胸の澱みを吐き出すように、少女は叫ぶ。

「お父さんもお母さんも、大っ嫌い……！」

リボンを白くなった地面へと乱暴に叩き付けると、少女は足をもつれさせながらも走って行ってしまった。

両親との思い出が詰まった、大切な大切なリボン。

それが雪の下へと埋もれていく。

「これ……どうしたら……」

静まり返った境内で、少年は雪の上からそっとリボンを拾い上げた。手が赤くなるのも厭《いと》わず、雪を丁寧に払い落とす。

どうすべきか戸惑う彼に、私は「持って少女を追いかけるべきだ」と、声なく、だけど枝を揺すって、強く訴えかけた。

それが通じた……わけではないだろうが、少年は唇を引き結び、意を決したように駆け出した。

動けぬ私に、後のことはわからない。

ただいつかのように願うだけだった。彼等の幸せを、ここで。

何度目かの春、夏、秋、冬がまた過ぎた。

どんどん季節は巡って、人よりは遅い速度ながらも、私も緩やかに老いていく。

あの冬から、少女も少年もここには訪れていない。

ただ少し前に一度だけ、少女の家のご近所さんらしい奥さんふたりが、こんな会話もしていた。

「あそこのお家、ご夫婦が連日言い争って喧嘩していたじゃない？　このところ静かだけれど、どうなったのかしら？　離婚……されたとか？」

「あら、あなた知らないの。娘さんの大学受験が終わったタイミングで、お引っ越しされたのよ。家族一緒に引っ越されたから、すぐに別れたわけではないと思うけど……」

ご近所の噂話というのは、まったくもって抜け目ない。

だが結局のところ、少女の両親がどうなったのか。少女と少年がどうなったのか。肝心なところはわからぬままだ。これ以上、私に知る術もない。

私に話しかける稀有《けう》な人間も、彼女を最後にいなくなってしまった。

「――ねえ、あなた。ちょっと待ってよ」

……と、感傷に浸っていたのだけれども。

まだ冬の寒さがほんの少し残る、数えるのも飽きた何度目かの春。

参拝を終えた一組の夫婦が、そのまま連れ添って境内を出るかと思えば、妻の方が私の前で足を止めた。夫も妻に呼ばれて止まる。

どちらも三十かそこらの年齢であろう、妻の方は妊婦のようで、マタニティ用の服を着てお腹を大きく膨らませている。夫はそんな彼女を常に気遣っているようで、仲睦まじい様子だ。

そう、まるでいつかの、少女の生みの親であるあの夫婦のように。

また妻の肩に垂らした長い髪には……色褪せた赤い水玉模様のリボンが、綺麗に結わえられていた。

「この御神木様、懐かしいと思わない？　あなたも覚えているでしょ」

妻の方が私の幹に手を当て、夫に向けて柔らかく微笑む。

その笑顔には、父にワンピースを買ってもらったと、母にそれをリボンにしてもらったと、はしゃいで私に報告していたまだあどけない頃の面影があった。

彼女は「もう十年も前の冬よね」と、懐かしむように瞳を細める。

「このリボンを投げ捨てた後、衝動的になんてことしたんだろうって、すぐに後悔したの。だけど取りに戻るには躊躇《ためら》いがあって、フラフラ雪の中を歩いていたら……リボンを持ったあなたが走ってきて」

「あったなあ、そんなこと！　だってそのリボンは、君のご両親の愛情の籠もった大事なものだろ？　だとしたら、絶対手放しちゃダメだと思ったからさ」

「あの時のあなた、カッコよかったわよ」

妻の方がリボンを片手で撫でながらからかうように褒めると、夫の方は照れ臭そうに頬を掻く。

そうか……彼は、あの少年なのか。

ずいぶんと立派な大人になっていて、気付くのが遅れてしまった。

「お父さんもお母さんも、私を愛情持って育ててくれたわ。だけど彼等はすれ違いで、お互いにいがみ合うようになっちゃって……あの時は辛かった」

「確かに、両親が喧嘩ばかりしていたら居たたまれないよな。でも、そんな彼等に真正面からぶつかれるのは、娘である君しかいなかったよ。ちゃんと話し合って、両親を和解させた君は強い女性だ」

「ふふっ……あなたこそ、そうやって親身になって考えてくれる優しい男性よ。そんなところに私は惚れちゃったの」

「は、恥ずかしいな、改めてそう言われると……」

「昔から照れ屋よね、あなたって」

短いやり取りからも、ふたりが仲よくやっていることがわかる。少年も素直になれたのだな。

「結婚式で読んだ、両親宛ての手紙にも書いたんだけど……思えば私も、お母さんとお父さんと、向き合うことから逃げていたのよね。あなたが背中を押してくれなかったら、両親は今頃本当に離婚していたかもしれないわ。私たちの結婚式にも、そろって参列してくれなかったかも」

「君の訴えが、お義母さんたちに響いたんだよ。でも君、あの後で高熱出して倒れなかった？　看病した記憶ならすごくあるんだけど」

思い出話に花を咲かせる中で、当時の失態を恥じてか、妻の方は「そんなこともあったわね」とちょっぴり苦笑する。

まあ、人間が傘もささず、雪の中であれだけうずくまっていれば熱も出す。幸い、すぐに治って受験に影響はなかったようだが……風邪を引くよと心配した私は正しかったのだ。

しかし、雨降って地固まるとでもいうのか。雪降って地固まるというのか。

今は彼女の両親も喧嘩などせず、共にいるようでホッとする。

……よかった。本当に、心からそう思う。

家族想いな少女の悲しみは癒え、少年の積年の想いも報われたのだ。これ以上のことはない。

スッと夫の方が進み出て、私の幹に当てた妻の手の上に、自分の手を重ねる。

「でもさ、不思議な話なんだけど……雪に打ち捨てられたリボンを拾った時さ、俺はこの御神木の声を聞いた気がするんだよな。今すぐ君を追いかけて、リボンを届けるべきだって」

「……この御神木様には、特別な力があるから」

大切な秘密を打ち明けるようにそう言うと、妻の方が私に向き直った。そしてまるであの頃のように、私に語り掛けてくる。

「夫の聞いた声を、私も信じます。御神木様はいつも私の話を聞いて、子供の頃から優しく見守ってくれていたように思います。私がこうして幸せでいられるのも、御神木様のおかげです。……ずっとずっと、ちゃんとお礼が言いたかったんです」

妻の方が「ありがとうございました」と私に礼を述べれば、夫もその横で深々と頭を下げる。

謙遜でもなんでもなく、私に特別な力などないのだ。

それでもなにか、心から幸せを願ったこのふたりには、伝わるものがあったなら喜ばしい。

三百年分、長生きはしてみるものだ。

「……他に近況報告はしておかなくていいのか？　わざわざ県を跨《また》いで安産祈願に来た

んだし。この御神木は君にとって、見守ってくれた第二の親みたいなものだろう。ほら、子供の名前とか」

「ああ、そうだったわ」

夫に促されて、妻の方がお腹をさすりながらコホンと咳払いをひとつ。

「この子は女の子みたいなんですが、名前はもう決めてあるんです。実は名前を考えている際に、御神木様のことを思い出して……『杏《あん》』っていいます。御神木様が『銀杏の木』だから、そこから一字取らせて頂きました。御神木様のように温かい存在でいて欲しくて……」

そうか、いい名前だ。

きっと優しい子に育つ。

「どうかこの子が無事に生まれてくるように……生まれてきてからも、私たちの時のように、遠くからでも見守ってあげてください」

そこで暖かな春風が吹いて、もう一度私に一礼すると、ふたりは連れ添って神社を後にした。

……人と人との関係は変わるものもあれば、変わらないものもまたある。

それと同じで、言葉にできない想いは通常伝わらないもののように見えて、伝わることもまたあるのだ。

私は人より長い寿命が尽きるまで、ここにいるよ。

だからまた、いつでも会いに来るといい。

今日もまた私は、四季折々を生きる人間たちの営みを、神社の境内で枝葉を広げて見守っている。

幼き願い

朝来みゆか

部屋は想像以上に散らかっていた。

衣類の山のところどころに、こたつや扇風機、マッサージチェアといった電化製品が頭を出している。点在する缶や瓶を蹴飛ばさずに歩くのは至難の業だ。

壁にかかったカレンダーは数年前のものだが、座椅子に転がった未開封の菓子パンの賞味期限はちょうど今日で、少し前まで続いていた生活をリアルに伝えている。

定年退職後は、酒とテレビが話し相手だったのか。

独居老人だった父は無用な物を溜め続けて死んだ。

倒れたのが自宅ではなかったのが幸いし、事件性もない病死ということで、その点だけは綺麗に逝ってくれた。

遺品整理の業者を探して連絡すると、すぐに来ると言う。何日か滞在する覚悟をしていたから助かった。

木彫りの人形の下にわずかばかりの現金と通帳。その隠し場所を自分が憶えていることにぞっとした。他に金目の物はなさそうだ。

外に出た。

季節は春、それでも最低気温が零度を下回る日もある信州の地。吐いた息が白い。

ダウンのポケットに両手を突っ込み、空を仰ぐ。

清冽な空気に、何かを燃やした煙の臭いが混ざっている。故郷の匂いだ。

泥水を撥ね飛ばしながらやってきた二トントラックが、静かに停まる。

「ヤス、久しぶり」

運転してきたのは幼馴染だった。ぎこちない笑みを浮かべた後、ご依頼ありがとう、と頭を下げる。

「なんでお前が」

「最近はこういう案件も多いんだ。高齢化だし」

「だからってお前が来ることないだろ」

「大丈夫、ちゃんと仕事するよ」

そう言うと、助手席から降りた若者に指示を与えた。昔と同じ柔らかな口調で、ああ、こいつはまっとうに年を重ねたんだなと軽く感動した。

二十年前、生出《おいで》一帆《かずほ》はこの町に来た。転校生というのはとにかく注目されるものだ。見るからにお坊ちゃんで、容姿が整っている。歌がうまく、勉強もよくできる。早速、女子からの人気を獲得した一帆は、先生にも一目置かれていた。

風当たりが変わったきっかけは、ささいなことだった。地元で生まれ育った奴らと、都会から来た一帆の違い。最初はその「ずれ」をおもしろがっていた奴らが、祭りの後から一帆と距離を置くようになった。

あいつには声かけなくていいよな。忙しいだろうし、誘っても来ないに決まってる。きっとまたどっかに転校してくだろうし――そんな共通認識。

一帆も同級生の変化を敏感に察し、みんなに近づこうとはしなくなった。

季節が過ぎ、朝晩が冷え込み始めても、転校生は転校生のままだった。

実は、一帆が榊《さかき》祭りに参加しなかった理由を俺は知っていた。

病院で生出の一家を見かけたからだ。

あの日、俺は担任の先生に引っ張ってこられた。

「腕や足ならまぁいいけどな、恭嗣《やすし》、頭は甘く見たら駄目だぞ」

山で転んだ、と担任に答えたのと同じ話を診察室でも繰り返す。ほんとかなぁ。ほんとです。蟬の声が室内にまで入ってきて、俺の頭の中を埋め尽くす。

傷はそのうち治る。治った頃、また新たな傷ができる。それが俺の日常。いちいち気にしていられない。

居心地の悪い診察室を出ると、廊下の端に人影があった。作業着の男と、小さな子を腕に抱えた女が、白衣を着た医師と話している。

そのそばで、行儀よく膝をそろえてソファに座っているのは一帆だった。横顔がこっちを向く。しまった、気づかれた。

「……高山《たかやま》くん？　どうしたの？」

「ヤスで」

「え？」

「ヤスって呼んでいい。同じクラスだろ」

早口で言った俺に、一帆は戸惑いを見せながらもうなずいた。

「……ありがとう、ヤス」

「じゃあな」

俺は背を向けた。怪我の心配をされるのはごめんだった。

その一件があってからの孤立だ。一帆にとって俺が特別に親しみを覚える存在になったのはわかっていた。同級生から「いないに等しい者」扱いをされながら、俺にだけ笑顔で話しかけてくる。

「お前、いつかここ出てくの？」

「どうして？」

「みんなそう言ってる」

一帆はまばたきをした。そして顔を赤らめる。

「僕はここ気に入ってる。ずっとここにいたいと思ってるよ」

「そうか」

「追い出されたくない」

徐々につるむようになり、初めて家に呼ばれた日、一帆の母親がピアノを弾いてくれた。『カレーなるダイエンブキョク』だよ。恥ずかしそうに一帆が言った。母さんショパンが好きだから。

どれほどの腕前なのか、しばらく聴いていてもわからなかった。ショパン、ショパン、と口の中で繰り返し、腹の足しにはならないなと思ったのを憶えている。

生出家が営む会社は、信州ではかなり交通の便がいいこの地域に進出して以来、右肩上がりの成長を遂げていた。

俺の父は家業をたたむと、その会社に雇われたのだった。一帆が転校してきてから一年足らずのことだった。家で俺を殴るのに飽き足らず、職場でも暴力沙汰を起こした父だったが、一帆の祖父たちの温情でクビにならずに済み、定年まで働いた。

「あ、忘れないうちに、これ」

一帆がジャンパーのポケットから端が折れた封筒を取り出す。

「お葬式とか出られなかったから」

「葬式やってない」

「でもさ……お悔やみ申し上げます。ってことで、もらって。少しだけど」

ご霊前と書かれた封筒をぐいぐい押しつけてくる。勢いに負けて受け取った。

「じゃ、片づけ費用、これで払うわ」

「ええ？　まぁ、いいけど」

「本気にすんな。冗談だよ」

「……始めさせてもらうね。失礼します」

玄関ドアを開けると、デッキブラシとホースが転がっていた。さっきは気にならなかたが、ゴム長に突っ込まれた手拭いがかすかな異臭を放っているのに気づく。狼狽する俺と違い、一帆と助手の若者は躊躇する様子もない。慣れているのだろう。

二人がてきぱきと片づけていく横で、俺も立ち会うことにした。ときどき一帆が話しかけてくる。

「こっちの棚は処分していい？　値段がつきそうなものがあったら避けておくけど」

「任せる。っつうか全部捨てていい」

「そのパンは？　ヤスのじゃないの？」

「違う」

「まだ食べられるからもったいないね」

「お前食えば？」

まさかそんな、と頬を赤らめる。本当変わってない。

「こういうの、いつからやってんだ？」

「不用品回収の業務は、十年くらい前からかな」

「親の会社？」

「うん、まだ実家に住んでるし」

「へえ。ずっと親といて飽きねーの？　昼も夜も一緒なんだろ」

「え？　家族って、飽きるとかそういうものじゃないだろ？」

俺は黙った。

この世には仲のいい家族があると一帆に教わった。金の心配がなく、笑いと気遣いにあふれた生出の家。俺の置かれた環境とはあまりに違い過ぎた。

その仲が今も続いているのなら本物なんだろう。

「ヤスは？　仕事してるの？」

「しなきゃ食えない」

「うん、そうだけど、社長だったりして」

「はあ？　なんで」

「雇われてる感じがしないっていうか、独立してそう。なんとなくだけど」

「勘かよ」

俺は廊下に出た。ふと壁に触れると、腰の高さあたりにへこんだ跡がある。父親が振り回した酒瓶が当たったのか、殴られた俺が激突したんだったか。それとも俺が父親を突き飛ばしたときのか。

この町を離れて介護の仕事に就き、資格を取り、今まで二回職場を変えた。反吐が出るほど父親を嫌っていたのに、同じ父親という立場の老人の話し相手になるのは苦ではなかった。繰り言に耳を傾け、入浴の介助をした。何の縁もない人間に対しては不思議なほど優しくできる。こっちが本当の自分なんじゃないか、と錯覚するほど。

「あ、ヤス、これが出てきたんだけど……」

差し出された薄っぺらいポケットファイルには、数枚の写真が納められていた。遠足や運動会といった学校行事を写したものだ。首を振り、一帆に返す。

「持って帰らないの？」

「こんなの……いらねーよ。捨てろよ」

動揺と苛立ちで声が震えた。苦しい。認めたくない。自分の人生に子ども時代が確かに存在したこと、あの父親がこの家でこれを保管していた事実。嫌だ。嫌だ嫌だ嫌だ。

「でも」

「捨てろっつったんだよ。客の要求聞けないのか？」

「そういうこと言う？　料金そのままで特急サービスしてるのに」

前髪の隙間から一帆がにらむ。俺はびびった。控えめな性格で、喧嘩とは無縁な一帆だからこそ、もし本気で怒ったときにはとてつもなく怖いだろう。そう思っていた昔の自分が降参しろと叫んでいる。

「悪かったよ。……言い直す。頼むから捨ててくれ」

白旗を上げた俺に満足したのか、一帆が表情を和らげる。

「ううん、僕も、ヤスの気持ち無視してごめん。そうだ、これ燃やしちゃおうか？」

「燃やすって、どこで」

「お稲荷さん」

「松明山《たいまつやま》の？」

「うん。こっち片づいたら行こう。ヤスの車あるでしょ？」

「いいのか？　次の仕事とか予定とか条例とか」

「いいよ」

ほっとした。苦しかった呼吸がいつの間にか楽になっていた。

助手の若者に会社へ寄るよう命じ、トラックを任せる。

俺の車でガソリンスタンド脇まで走った。

県道沿いの崖に、急な石段が設けられている。一帆が先に上がってゆく。途中、岩肌をえぐるように建つ弁天窟もあるが、老朽化が激しく立ち入り禁止だ。

最後の段を上り切ると、少し開けた場所に出る。落ち葉を踏みながら赤い鳥居をくぐればもう境内だ。

「変わってないな。時間が止まってる」

「そうだね。赤い実を探したり、霜柱を踏んで歩いたり……。花火したこと憶えてる？」

「んー……憶えてるような憶えてないような」

「中学に上がる前だよ。二葉《ふたば》の具合が悪くなったとき」

「ああ、あったな。思い出した」

一帆の妹は病弱で、定期的に大きな病院で診てもらっていた。服薬も生活管理も真面目にやっていたと思うが、急に調子を崩すことがあった。

大人たちは二葉につきっきり。生出家の庭が使えないからといって、六年生の俺たちは夏の終わりの花火をあきらめられなかった。

お稲荷さんでやろう、と言い出したのは俺だ。祭りの松明を真似て、道すがら次々と花火を燃やした。到着したときにはろくに残っていなかった気がする。

馬鹿だったな。けど、おもしろかった。

さびれた社殿に風が吹き抜ける。端まで来れば、斜面に生い茂った木々と、その下に広がる町を見下ろせる。記憶と変わらない景色。崖の下は川だから、聞こえるのは風の音とせせらぎだ。

一応、柏手を打つ。

奥殿に祀られた何体もの狐たちは、人間のいないところでこっそり席替えをしているんじゃないか、そんな噂があった。子どもらしい妄想だ。

「ここで女子がこっくりさんやって、怒られたことあったよね」

「なんかおかしくなった奴がいて、ヒステリーっていうのか？」

「うん、夜になっても泣き続けて騒ぎになった。懐かしいな……。誰も地元に残ってないよ。進学やら結婚でみんないなくなった」

ふうん、と俺は相づちを打つ。ずっとここにいたい——あの言葉は嘘じゃなかったんだな。

「陽が沈む前に済ませちゃおう」

社殿から出ると、一帆が地面にしゃがみ込んだ。ちらと俺を見上げる。

「いい？　本当に？」

「ああ」

「あ、ちょっと待って」

一帆はポケットファイルをめくり、最初からそこにあるのがわかっていたような手つきで一枚をつまみ上げた。

「見てよ」

制服の俺が写っている。我ながら見事な無表情。その横に、少し緊張した面持ちの一帆。

「教室で撮ったんだよね。確か今と同じ頃」

「忘れた。欲しいならやるよ」

「大丈夫、同じの持ってる」

「まじか」

ふふ、と一帆は笑い、ライターを取り出す。

軽い摩擦音。小さな炎はファイルの角を焦がし、ぶわっと広がる。

圧倒的な力で物質を灰に変える火。過去が燃えてゆく。

「水汲んでくるの忘れてた。行ってくる」

一帆が身を翻した。俺は火を眺めながらうなずいた。

炎は土を這い、枯葉を焦がし、思った以上に大きくなっている。

これはちょっとまずいかもしれない。社殿に燃え移ったら事だ。

一帆を待たず、火消しを試みた。靴で踏むとその場所は治まるが、くすぶった火はまた別のところから顔を出す。

何度もつまづきながら、逃げる火を追いかける。

頼む、消えてくれ。どうか頼む。

ガキだった俺はこの古ぼけた神社で願い事をした。一帆にももちろん言ったことがないが、必死に祈っていた。

誰も助けてくれない、でも誰か、どうか。神とか仏とか、人間を超えた存在がいるなら。

何かに届くと信じて、願った。

「ヤス、お待たせ」

「……ん」

水の入ったバケツを持って一帆が戻ってきた。放物線を描いて水を撒く。

「ごめん、思ったより燃え広がった？　けど、もうほとんど消えてるね。消してくれたんだ?」

「山火事になったら逮捕されるだろうしな。俺はともかくお前は困るだろ」

「ありがとう、助かった。焚き火するなら水は必須だったね」

鎮火を確認し、やれやれとため息をつく。

そのまま車に戻る流れにはならず、鳥居を見つめる。

「実家が居心地いいと大変だな。ぬるま湯ってなかなか出られないって言うもんな」

「ヤスは?　奥さんとかお子さんいるの?」

「まさか。気軽な独り身だよ。俺は家族持つとか無理だし」

「そうなんだ」

一帆が煙草をくわえて火をつけた。なぜライターを持ち歩いているのか腑に落ちた。

それにしても煙草が似合わない顔だ。

「ここもっと有名になってもいいよな」

「そう思う?」

「ああ。だって俺の願い事、かなったぜ」

「え、そうなんだ?　あの、もしよかったら、内容聞いていい?」

わきまえた口ぶりに、俺はためらった。当たり障りのない話で切り抜けるべきか。

それとも。

「父親が死にますように」

声にしたら大したことなかった。俺の口は大蛇も炎も吐き出せていない。

一帆は煙草の先を見つめている。不謹慎だよ、とたしなめるべきか悩んでいるのかもしれない。

やがて一帆がつぶやいた。

「……かなったね」

「かなったけど、時間はめちゃめちゃかかるな。何せ四半世紀だ。やっとだ」

本当はそんなこと願わずに生きていきたかった。特別に金持ちじゃなくていい、母親が美人じゃなくていい、ただ普通の家に生まれたかった。

今さら父親が死んだからって、俺の子ども時代は変わらない。暴力も暴言も憤怒もなかったことにはならない。あの頃、あざだらけの身体を抱えて闇の中で考えた。なんでだ。どうして俺はこんな目に遭うんだ？

「僕も期待しておこう。お狐様がヤスの願い事をかなえてくれたのなら」

「お前も何か願ったのか？」

「うん、たくさん」

「お坊ちゃんは遠慮がないな」

「僕のせいで病気になった二葉が元気になりますように」

お前のせいじゃないだろう、いつまで自分を責めるつもりだ、と十代の俺なら言っただろうか。

「これはかなった。うん、最近は容体も落ち着いてるよ、二葉」

「そっか……」

俺は大きく息を吐いた。よかったな。

「会社が成長しますように。会社の人たちが幸せに働けますように。町の景観が守られますように。ヤスがうちで働いてくれますように。以上」

「ああ？　何だ最後の？」

「ごめん。言ったことなかったね。ヤスがうちに入ってくれれば、って思ってた。実は今も思ってる。もし地元に恨みがなければ、だけど」

申し訳なさそうに煙草を携帯灰皿に押しつける。

「父親のしでかした不始末を取らせようってか？」

「違うよ。ヤスは行動力があるから、組織にいてくれたら心強いし、ほら、学祭でもみんなが思いつかないようなことを考えたりしてたでしょ？」

学生の祭りと企業の運営は違うだろ。一生お前の盾にさせるつもりかよ。

そんな言葉は口から出るはずもなく、ずいぶん買ってくれてたんだな、と素直に嬉しかった。ほんの気まぐれ、俺のその場しのぎで始まった縁の端っこを一帆は握り締めてくれていた。

なぁ、ついでに答えてくれ。俺は、殴られても仕方のない奴、じゃないよな？

白々とした顔で狐たちがこちらを見ている。

帰ってこようか。かなえてやろうか。俺の心の隅に生まれた迷いは、煙草の匂いのようにまとわりついて離れない。

越えてぞ行かまし八重垣を

那識あきら

鴉の声が木の葉のざわめきと混じり合う。コンビニの駐車場に降り立った俺は、大きく伸びをしてから夕焼け空を見上げた。店舗のすぐ近くまで押し寄せる木々はそこかしこが赤や黄色に色づいていて、絵に描いたような秋の風景だ。

ここは山を切り開いて造られた住宅地の端っこで、俺は訪問営業から勤務先である住宅展示場に戻るところだった。今回はいつになくとんとん拍子に話が進み、めでたく見積もり作成まで持っていけたことで、俺はすっかり舞い上がっていた。しかし肩はカチコチ喉もカラカラ。安全運転のためにも一服しよう、とコンビニに寄ることにしたのだ。

お気に入りのコーヒーを買い、社用車にもたれて風にあたりながらゆっくりと味わう。店の前の道路は住宅地と住宅地の境目にあるせいか、車通りはそこそこあるが人通りはほとんど無い。少し北にあるバス通り沿いには商業施設が並んでいたから、そちらはもっと賑やかなはず、とぼんやり考えていた目の前に、突然何かがぽとりと落ちてきた。

それは、小さなお守りだった。薄水色の布地に、刺繍で『合格祈願』と書いてある。一体どこから降ってきたのか不思議に思って振り返ったところ、見上げるばかりの擁壁の上、茂みの奥にカラフルな何かがチラリと見えた。どうやら公園の遊具のようだ。

視線を左にやれば、コンビニの駐車場から上の住宅街へ、擁壁を切り通して直階段が伸びている。俺はお守りを拾うと、特別大サービスで落とし主に届けてやることにした。

段をのぼるにつれ、右手にジャングルジムやブランコが少しずつ見えてくる。

きっかり三十段の階段をのぼりきった所で、俺は、ついまばたきを繰り返してしまった。手入れの行き届いた小さなその公園には、人っ子一人見当たらなかったからだ。

俺がお守りを拾ってからここに上がってくるまで、たいして時間はかかっていない。落とした人間は少々諦めが早すぎやしないだろうか。それとも落としたことに気づかないままダッシュで帰ってしまったのか。過去に木などに引っかかってしまっていたものが、風に吹かれて今落ちてきた、という可能性に思い当たり、俺は溜め息を吐き出した。

――これ、どうしような……。

見つけた場所に、と考えかけたが、それでは捨てていくのと大差ない。俺は特に信心深いというわけではないが、お守りを粗末に扱うのはさすがに躊躇われた。警察に届けるのも、状況を踏まえる限りあまり意味がなさそうだ。となると、お守りを販売した神社に返すのが一番の解決方法だと思われる。しかし、お守りの裏に記された神社名は、歴史で習った『漢委奴國王《かんのわのなのこくおう》』の金印のように正方形の枠の中に幾何学的な字体でデザインされていて、知識のない俺には『神社』の文字しか判別することができなかった。

――こういうの、書道とかやってたらスラスラ読めるんだろうな……。

高一で同じクラスだった書道部の友人を思い出したものの、俺はすぐに肩を落とした。

あの当時はまだガラケーが主流で、三年になってようやくメッセージアプリのクラスグループが機能し始めたという状況だったから、あいつのＩＤを俺は知らないのだ。

——仕方ない。どこか適当な神社に届けて処分をお願いするか。

俺はもう一度溜め息をつくと、とぼとぼと階段をくだっていった。

職場で、たいして期待せずにこの件を話題にしたところ、一人の後輩が「久志《くし》神社って読めますね」と教えてくれた。即答だった。知識の大切さをしみじみと思い知った。

「久志神社」をスマホで検索したら、さっきのコンビニからそう遠くない所に同名の神社を見つけることができた。店の前の県道を山のほうに一キロほど進めば行きつくようだ。ああ、あの時にこの文字が読めていれば。知識の有用さをつくづくと噛み締めた。

たまたま翌日が休みだったので、俺は久志神社にお守りを届けに行くことにした。面倒でないと言えば嘘になるが、なんとなく「乗り掛かった舟」だと思ったからだ。

車を持っていないため電車とバスを乗り継いで、バス通りからコンビニの前へと出たあとは、ガードレールで区切られた歩道を一キロ少しのウォーキングだ。百メートルも行かないうちに道の両側は木々で埋め尽くされ、徐々に遠足気分が高まっていく。

途中、『久志神社　駐車場』と書かれた小さな看板のある角を曲がり、山の中へと入り込んだ。ここから先は車二台がなんとかすれ違うことができるかどうかという細い道で、舗装こそされているものの街灯はほとんど無い、もの寂しい山道だ。汗ばみながら急な坂道をのぼりきって小さな駐車場を通り過ぎた先に、石造りの鳥居が側面を見せて立っていた。向かって左側、鳥居から伸びる緩やかな下り坂の両脇には古い民家が軒を並べている。あのコンビニがある方角は、この神社にとっては背面側にあたるわけだ。

鳥居をくぐると、正面にお参りをする建物が、その右手に『御祈禱受付所』という看板を掲げた建物があった。他にも手を清める所や、小さな祠や、屋根がついた舞台のような建物など。大きくはないが小さくもない、地域に根差した神社、という風情だ。

見渡す限り俺のほかに人影は無く、静まり返った境内に木の葉擦れの音だけがあちこちで囁いている。俺は五円玉を賽銭箱に放り込み、「確かお参りをするにも何か作法があったよな」と思いながらも自己流で手を合わせ、自分と、ついでにこのお守りの持ち主の幸運を祈ってから、御祈禱受付所へと足を向けた。

窓口のところには、お札《ふだ》とお守りの見本が並べられていた。その中に、俺が今手にしている落とし物とまったく同じものを見つけ、心の中で「よっしゃァ」とこぶしを握る。

少し様子を窺ってみたが相変わらず人の気配などしないため、俺は『御用の方は押してください』と記されたベルを鳴らした。

チン、という金属質な音が周囲の木々に吸い込まれていく……。

やがて先ほどお参りをした建物から袴姿の若い男が姿を現した。どこかで見たことがある顔だな、と眉間に力を込めた次の瞬間、男が、なんと俺の名を口にした。

「ヒロセ?」

その声を聞いた途端、俺の頭の中は一気に十年の歳月を駆け戻っていた。

「イナダか！　うわー、すげー！　すげー久しぶり！」

そう、彼こそが、昨日思い返していた書道部員その人だった。運命すら感じる巡り合わせに俺が大いに盛り上がっていると、イナダは相変わらずの落ち着いた口調で、「憶えていてくれてありがとう」と微笑んだ。

「忘れるわけないだろ。そもそもお前ら有名人だったし。むしろそれは俺の台詞だぞ」

イナダには双子の姉がいた。自慢ではないが――いや、実はちょっとだけ自慢なんだが――俺達の母校は県一番の公立進学校で、イナダ達はそんな難関校に揃って合格した秀才姉弟だった。高校での成績も優秀で、模試で京大A判定の常連だったらしい彼らとは違って、俺は地方の国立大に辛うじて引っかかった、その他大勢の生徒にすぎない。

と、イナダが語気も強く「まさか！　あのヒロセを忘れるわけがないだろ！」と言うのを聞き、俺は思わず目をしばたたかせた。

「え？　俺、そんなに何か目立ってたっけ？」

「高一の文化祭前に先生が、クラスの出し物の準備を文化系クラブの人間だけに割り振ろうとしたのを憶えていないか？　『運動部は練習や試合で忙しいから』って言って。その時に、ヒロセが反論してくれただろ。『文化系クラブにとって文化祭は発表の場。展示物の制作で忙しいんだから、クラス全員で仕事を分担すべき』って。自分だって運動部なのに僕達のことを考慮してくれるんだ、って驚いたし、すごく嬉しかったんだぞ」

憶えているもいないも、あれは俺にとって会心の出来事だった。あの当時の達成感を思い出すと同時に照れくささも込み上げてきて、俺はついと視線を逸らした。

「え、あ、いやあ、あれは、半分以上自分のためだったんだよ……」

「自分の、ため？」

「俺、中学の時に美術部だったんだ。部活が必修だったんで、楽そうって思って選んだんだけど、真面目に活動すると結構大変でさ。なのに学校行事のたびに運動部の分まで仕事を押しつけられてムカついてて、いつか絶対にリベンジしてやる、って思ってたんだ。あの台詞を言えて、俺が運動部に入った目的の半分は達成できた、ってわけ」

そっと視線を戻せば、イナダが盛大に首をひねっていた。

「そのためにわざわざ？　別に運動部に入らなくても、リベンジできなくない？」

「運動部の人間が言ったほうが効果絶大だろ？　テニスには前から興味があったから、ちょうどいい機会だったし。あと、何より、運動部ってちやほやされたかった」

終いまで聞くなりイナダが一文字に口を引き結ぶ。こいつ、笑いをこらえているな。

「……で、実際にちやほやされた？」

「とりあえず、テニスができるようにはなった」

運動部を持ち上げて文化系部をバカにする奴は、同じ運動部内でも同様に序列を作るのだ。野球部のコーチに来ていたOBのおっさんが、テニス部員というだけで俺達をチャラ男呼ばわりしてきやがったことを思い出し、俺は今更ながら深く溜め息をついた。

「まったく、運動部だの文化系部だの何部だの、属性で語ることの愚かさよ、ってな」

俺がそう言った途端イナダが目を見開いた。

突然の反応に俺もまた驚いて、半ば反射的にイナダの目を見返す。

イナダは大きく息を吸うと、一音一音を噛み締めるように口を開いた。

「ヒロセ、君、本当にいい奴だな」

「えっ、いや、これ、高一ん時のお前の台詞を借りただけだぞ」

俺が大慌てで両手を振りまくるのを見て、イナダが「へ？」と素っ頓狂な声を上げた。

「僕の、台詞？」

「ああ。ザマスの奴を憶えてるか？　あいつが『文系は数学ができない奴が行く』って言い放った時に、お前、『歴史をやりたいから文系に行くけど』って黙らせてただろ。『文系だの理系だの属性で語るなんて愚かしい』って、いつになくお前の口調が険しかったから余計に心に残ってて、あれ以来、俺も気をつけなきゃなと思ってるんだ」

驚きの顔が腑に落ちた顔になり、一瞬だけ遠くを見やってから穏やかな笑顔となった。

「いや、でもやっぱり、君はいい奴だと思うよ……」

「えー、やー、あー、そんな、いや、えっと、あの」

褒められて嬉しくないわけがないが、それ以上にどう応えたらいいのかわからない。

「だって俺、色々と気をつけておかないと、すぐ馬鹿をやらかすし。ていうか、そうだ、そんなことより、訊きたかったんだけど、ここ、お前ん家？　それとも神社に就職？」

勢いのままに話を変えると、イナダがちょっと困ったような笑みを浮かべた。

「あ……まあ、うちは先祖代々ここの奉祀を任されてて……」

「えっ、なんかすごいな！　由緒ある、ってやつ？　んじゃイナダさんは巫女さん？」

「姉さんは、普通に一般企業に就職して、今は東京に住んでいるよ」

その刹那、イナダの声が一段低くなったように思えた。

「……僕は一人息子だからね」

「ええと、それって……」

「それより、何か用だったんじゃないの？」

有無を言わせぬ話題転換に少しばかり戸惑いはしたが、確かにイナダの言うとおり、本題は別にある。俺は即座に気持ちを切り替えて、例のお守りを彼に見せた。

「これなんだけど。昨日、そこの県道沿いのコンビニの駐車場で、このお守りが降ってきてさ。捨てるわけにもいかないし、神社に届けるのが一番いいかな、と思って……」

「降ってきた？」

「上っ側にあった公園に落とした奴がいるかと思って見に行ったけど、誰もいなくてよ」

お守りを受け取ったイナダは、摘まみ上げたり裏返したりと神妙な顔で検分を始めた。

「この紐、刃物で切られてるね。ひばり結びで何かにぶら下げてあったものを、横から」

「ひばり結び？　あ、ケータイのストラップのつけ方か。確かに曲がり癖がついてるな」

「切ったあと強引に引っ張って外したのか、お守りの口の部分が片側に引きつれている」

そう言われてあらためて見れば、単なる落とし物というには不自然な点が幾つもある。

「うっかり落とした、というわけではないのかもしれない、ということか……」

「切らずに外せるはずの紐をわざわざ切って、毟り取るように引っ張って、となるとね」

どうやらこれは、当初考えていたよりも穏やかではない事態のようだ。

「うわー、なんか面倒くさそうなものを持ち込んでしまったな……。悪ぃ……」

謝る俺に、イナダが「いや、これでいいんだよ」と静かに頷いた。神職の顔で。

「君が拾ったことも含めて、これも何かの縁なのだろうね。確《しか》と預からせていただくよ」


勤務中であるイナダに礼を言って、俺は帰途についた。お守りの件は今一つ消化不良だが、旧友と連絡先を交換できて、俺はすっかり上機嫌だった。

下り坂を楽々進んでコンビニの前までやってきたところで、俺は、目の端に引っかかりを感じて顔をそちらに向けた。コンビニの駐車場、昨日俺が社用車を停めた辺り。一人の女の子が、擁壁沿いに細長く伸びる植え込みを手でかき分けながら探っていた。

その様子は、他人の俺が見てもハラハラするぐらいに切羽詰まったものだった。もしや、との思いが捨てきれなかった俺は、駐車場の入り口から大声でその子に呼びかけた。

「えっと、君、もしかしてお守りを探してる？　薄い水色の」

途端にその子は俺のほうにすごい勢いで駆け寄ってきた。開口一番「大きな声を出さないで！」と叱られて、俺は内心で「だって声かけ事案扱いされたくないし」とぼやく。

「それ私のお守りよ！　返して！」

たぶん小学五年生ぐらいだろう。強い口調で詰め寄られ、俺は心持ち及び腰になった。

「お守りは、販売元の神社に届けておいたよ」

「ええっー⁉」

大きな声は駄目なんじゃなかったのか。釈然としない俺に、女の子は更に言い募る。

「それ、どこの神社？　早く教えて！」

「どこの、って、自分のお守りなんじゃないの？」

「えっと、あの……、貰ったものだから、どこのだとか知らないから……」

言い淀んだかと思えば、声の調子があっという間に弱くなる。それまで俺を睨みつけんばかりだった視線も、ふらふらと辺りを彷徨い始める有様だ。

「じゃあ、お守りをくれた人に訊けばいいよ。本当の持ち主かどうかわからないのに、第三者の俺が勝手に詳しいことをべらべら喋るわけにはいかないからな」

自分で自分の言葉に納得して、俺は「じゃ」と回れ右をした。これで全て解決だ、と。

だが数歩も進まないうちに、俺の前に女の子が立ち塞がった。思い詰めた顔で。

「あ、あの、実は、本当はあれはカズ姉のお守りで、うっかり間違えて捨ててしまったから、早く取り戻してカズ姉に返したいから、だから、どこの神社か教えてください！」

「カズ姉？　誰、それ」

「私の家の隣の高校生のお姉さん」

なんだかややこしいことになってきたぞ、と俺は思わず顔をしかめた。

「うっかり、って、何をどう間違えたら、隣のお姉さんのお守りを捨てる羽目に？」

「え……、あの……、ええと……、その……う……、うぅ……」

女の子はしばらく唸り続けていたが、やがて観念したか本当のことを話してくれた。

曰く、大好きなカズ姉が遠方の大学を受験するのだが、遠くに行ってほしくない。受験に失敗すればいいと思って、鞄についていた合格祈願のお守りを取ってしまった、と。

「でも、やっぱりこんなことしたらダメだ、って後悔して、だから探しに来たの……」

他人の持ち物を勝手に捨てるのは大問題だ、が、どうやら反省しているようでもある。

俺は「こんなこと二度とするなよ」と釘を差してから、背後の山を指し示した。

「届けたのは久志神社だよ、山のほうに一キロちょっと行ったところにある。寂しい道だったからお家の人に車を出してもらって、って、おい、危ないから一人で行くな！」

「そんなことしたらカズ姉にバレちゃうもん！　お母さん、すぐに何でも喋るから！」

「反省したんじゃないのかよ！　じゃあ、せめて家の人に神社に行くって言ってから」

「反省したから、お守りをこっそり戻して、何も無かったことにしたいの！」

自分勝手にもほどがある、と絶句する俺を捨て置き、女の子はすたすた歩いていく。

ああもう仕方がない！　俺は「わかったからちょっと待て」と女の子を追いかけた。

「俺も一緒についていくから。事故や事件に巻き込まれたら大変だからな」

不審者呼ばわりされる前に、俺はスマホを取り出して録音アプリを立ち上げた。

「君の、ていうか俺の身の安全のために今から全部録音するから。『あー、では不肖ヒロセ、これより久志神社まで、ええと、君、名前は？　ハタさんを送りに行きます』」

一旦録音を止め、確認のために再生。畏まった俺の声が今しがたの台詞を復唱する。

「録音再開っと。このスマホは君が預かっといて。この録音データが、何かあった時の証拠になるってわけだ。天に誓って俺は何もしないけどな。よし、行こう」


先刻と同じベルを押すと、先刻と同じくイナダが応対に現れた。俺を見て驚いたのも束の間、何かを察した表情になる。それを受け、俺は傍らのハタさんに場所を譲った。

ハタさんは、神妙な調子で「さっきヒロセさんが届けたお守り、私のなので返してください」と頭を下げた。可能な限り事情を伏せておくつもりらしい。なかなかの根性だ。

イナダがもの問いたげに俺を見る。俺はとぼけた顔で明後日の方角を向いてみせた。

「……神様の前で嘘はよくないね」

やんわりとハタさんを咎めるイナダに合わせて、俺もあらためて彼女に向きなおる。

「言っとくけどな、こいつ、俺なんかよりもずっと頭がいいからな。俺にすらバレたことがこいつに隠し通せると思うなよ」

「本当のことを言ったら、お守り返してくれる？」

一向に悪びれる様子のないハタさんを前に、イナダが苦笑を漏らした。「いい根性しているねえ」との呟きに、俺も即座に「同感」と返す。

「お守りの中には神様が宿った小さなお札《ふだ》が入っているからね。紐を切ったり投げたりされてさぞかし困惑してらっしゃるだろうから、きちんと礼を尽くすべきだと思うね」

神職にそう諭されては、さすがの彼女も嘘を貫き通すことはできないようだった。俺が相手の時よりも幾らか丁寧な言葉遣いで、訥々と本当のことを話し始める。

「あれ、本当は隣に住んでいるカズ姉のお守りで……、カズ姉、東北にある大学に行きたいって言ってて……、合格しなかったら行かなくなるんじゃないかって思って……」

「なるほど。それで、合格祈願のお守りを勝手に捨てた、と……」

「だって！　そんな遠くに行く必要なんてないと思うし！　こっちにも大学沢山あるし！　それに、カズ姉は女の子なんだから、わざわざ遠くの大学に行かなくても――」

その瞬間、イナダの纏う空気が、明らかに変わった。

「女の子なんだから、って、それは、君の考え？」

「え、だって、お母さんがそう言ってた……」

イナダがハタさんに向かって一歩前に出た。

「小学校と違って大学って、学校ごとに内容が全然違ってくるんだよ。算数の勉強をしに音楽室には行かないよね。その大学でしかできない学問があって、それを学びたいと思ったとして、女子に生まれたらその夢を諦めなきゃならない、って本当にそう思う？」

ハタさんは首をぶんぶんと横に振った。イナダの表情は俺の立つ位置からは見えない。

「勿論、身体的に女性にしかできないことはあるし、男性にしかできないこともある。けれど、それ以外のことなら、一人一人が自由に好きな道を選べたらいいよね……」

噛んで含めるような語りが終わり、イナダが俺を振り返った。彼は、普段どおりの穏やかな笑みとともに「だろ？」とこちらに水を向けてきた。

「お、おう。それに君は、そんなカズ姉のことが、かっこよくって好きなんだろ？」

さっきのは気のせいだったろうか。柔和な彼には珍しい、冷たさすら感じるあの気配。

「それに、遠くに行っても実家が隣なんだから、帰省のたびに会えるわけだしな。俺とこいつなんて高一で同じクラスで、それから一切連絡とかしてなかったのに、今、こうやって再会できたんだからな。縁さえあれば、どこに行こうが大丈夫だよ」

「縁……」とハタさんが呟いたその時、鳥居のほうから玉砂利を踏む音がした。

「あれ？　ヒナちゃん？」

聞き覚えのない女性の声。だがハタさんは飛び上がるようにしてそちらを振り向いた。

「カズ姉……！　どうして……」

「いやー、お守り失くしちゃったみたいで、神様にお詫びとおかわりお願いしに来た」

我らが母校の制服を着た話題の主は、可憐な見た目に反する豪快な口調でそう言った。

思ってもいなかった事態に、俺とイナダの口から同時に「うわ」と小声が漏れる。どうしたものか、と目配せでイナダに問いかければ、向こうからも同じ目顔が返ってきた。

真実を告白してきちんと謝るべきだ、と俺は思う。その一方で、ハタさんを正論で殴るような真似はしたくなかった。どう言えば上手くとりなすことができるだろうか、必死で考えを巡らせていた俺は、辺りに響き渡るハタさんの声に意識を引き戻された。

「ごめんなさい！」

肩を震わせ、こぶしを握り締め、絞り出すようにしてハタさんは言葉を継いだ。

「私、カズ姉に遠くに行ってほしくなくて、もしも大学に受からなかったら、このままここにいてくれるかな、って思って、お守り勝手に取って、でも……」

勢いよく顔を上げた彼女の頬を、大粒の涙が幾つもつたい落ちていく。

「でも、私、カズ姉の気持ち、わかってなくて……全然知らなくて……、私、カズ姉の夢を邪魔するつもりなんてなかったのに……私……私……」

何度もしゃくりあげながら、ハタさんはごめんなさいを繰り返す。

しばし面食らった表情を浮かべていたカズ姉さんは、泣きじゃくるハタさんの前に身を屈めると、そうっと優しく、そしてぎゅっと力強く、彼女を抱きしめた。


肩の荷がおりて心底ホッとしたところで、俺は、イナダがどこか遠くを見ていることに気がついた。どことなく寂しそうな眼差しは、つい先ほど彼が纏ったあの切々たる空気に、身を切るようなあの声音に、何か通じるものがあった。

ふと、この神社で最初に話した時の、彼の言葉が脳裏に浮かび上がってきた。ちょっと困ったように眉を寄せて呟いた、「僕は一人息子だからね」という口ぶりが。

ああそうか、と息を吐くと同時にイナダと目が合った。咄嗟に視線を逸らして、しかしすぐに不自然さを自覚し、慌てて向き直って「一件落着だな」と誤魔化した。

イナダがふわりと目元を緩めた。

「君、本当にいい奴だな」

「え？　いや、そんな、ええと、なんだ、その、あー、今度一緒に飲みに行こうぜ」

「願ってもない」と笑う彼の瞳は、十年前と同じく穏やかな光を湛えていた。

ナギの葉っぱ

ひらび久美

「今日、七時からオンラインゲームやらね？」

「その時間、晩飯食ってるかも。七時半からならいける」

ハルキと同じ一年三組の男子が二人、他愛ないことをしゃべりながら前を歩いている。二人ともヘアカタログに載っていそうなおしゃれで爽やかなヘアスタイルだ。垢抜《あかぬ》けて見えるのは、彼らがやはり〝東京の中学生〟だからだろうか。

ハルキはスクールバッグのショルダーベルトをギュッと握った。

生まれ育った岐阜《ぎふ》県の町から東京都内に引っ越してきたのは一ヵ月前の五月。けれど、転校先の新しい中学校にもクラスの雰囲気にも、まだ馴染《なじ》めていない。

とはいえ、ハルキ自身に馴染みたいという気持ちはあまりなかった。

(前の中学に戻りたい。みんなに忘れられる前に戻りたい……)

脳裏に、転校前一緒に通学していた親友・タツヤの顔が浮かぶ。小学一年の頃からの仲良しで、一緒のサッカーチームに入っていた。けれど、二人ともスマホを持っていないので、連絡の取りようがなかった。中一男子にとって、岐阜は東京からあまりに遠い。

ハルキはため息をついた。梅雨入り前のどんよりした空と同じくらい、足取りも重くなる。このまま家に帰っても誰もいない。母は入院中の弟の付き添いで病院にいるからだ。小学三年生の弟・イブキの難しい手術ができる名医がいると知って、仕事で地元を離れられない父を岐阜に残し、母とイブキ、ハルキの三人で東京に越してきた。イブキの病状が安定するまで手術はできないうえに、手術が無事に終わったとしても、その後も長い治療が必要らしく、いつ地元に戻れるかわからない。

ハルキはT字路で立ち止まった。どうせ家に帰っても、独りぼっち。

現実から逃れるようにアパートとは逆方向に曲がった。くすんだ石塀《いしべい》に囲まれた家や瓦屋根の家が一方通行の道の両側に並んでいる。生け垣や庭木を除けば緑らしい緑はない。鈍色《にびいろ》の空と灰色のアスファルトに挟まれて息苦しさを感じながら、当てもなく歩く。

やがて、道は緩やかな上り坂になった。坂の先に視線を向けると、濃い緑色の塊が見えた。葉をたくさん茂らせた木が、何本も道路に張り出すように生えている。

目を癒すような深い緑に、生まれ育った自然豊かな町を思い出した。懐かしさに駆られて誘われるように近づくと、木製のフェンスに囲まれた家の隣に、ひっそりとした神社が現れた。人名や会社名が刻まれた玉垣と、葉に光沢のある常緑樹に囲まれている。

（こんなところに神社が……）

石鳥居の向こうを見たが、ひとけはない。ハルキは鳥居を抜けて境内《けいだい》に足を踏み入れた。短い石畳の参道を歩いて、拝殿の前で足を止める。斜面の急な瓦屋根の拝殿は、厳《おごそ》かな佇まいだ。しんと静まりかえった境内に、なぜだか背筋が伸びる。

ハルキはスクールバッグの中から財布を取り出し、小銭を全部賽銭箱《さいせんばこ》に入れた。鈴を鳴らして手を合わせる。今一番願っていること。それは……。

(どうかお願いします。元の生活に戻りたいです。こんな生活、嫌です)

またタツヤに会いたい。一緒にサッカーしたい。小学校からの仲のいい友達がいる中学校に戻りたい……。

一心に祈った後、辺りを見回した。参道が狭かったので小さな神社だと思い込んでいたが、拝殿の右手には小ぶりの社《やしろ》が二つ並んでいて、境内も子どもが十分に走り回れそうな広さがある。暇つぶしに境内をぶらつき、それにも飽きて玉垣の近くにある大木にもたれた。ふと視線を動かすと、そばに細い若木が生えている。高さはハルキの胸元よりやや低く、艶のある葉には竹のように縦に葉脈が走っていた。初めて見る葉を珍しく感じて、一枚つまんでちぎり取る。

「痛っ」

直後、小さな声がした。驚いて境内を見回したが、誰もいない。

(気のせいかな?)

首を傾げながら視線を前に戻す。すると、いつの間に現れたのか、小学校低学年くらいの男の子が立っていた。裾の長い深緑色のシャツに藍色のすとんとしたズボンを穿《は》いている。ほっそりと痩せていて顔色が悪く……こけた頬に見覚えがあった。

「えっ、イブキ⁉」

だが、こんなところに弟がいるだろうか？

目をこすってまじまじと見たら、イブキとは別人だった。雰囲気は似ているが、艶のある黒髪は弟より少し長く、濃い茶色の目は弟よりも丸く大きかった。

男の子はキッとハルキを睨む。

「お兄ちゃん、木をいじめないでよ！　葉っぱをちぎったら痛いんだからっ」

男の子はハルキに歩み寄ったかと思うと、伸び上がって彼の長い前髪を引っ張った。

「お兄ちゃんだって痛いでしょっ」

前髪を強く引っ張られ、ハルキはとっさに男の子の手を払った。

「何すんだよっ」

たいして力を入れたつもりはなかったが、男の子はよろけて尻餅をついた。そのそばに、ハルキがちぎり取った葉っぱがひらひらと落ちる。

「ううーっ……」

男の子が今にも泣きそうな顔になり、ハルキは驚いて男の子の前にしゃがんだ。

「ご、ごめん」

けれど、目にみるみる涙が盛り上がり、男の子は声を上げて泣き出した。

「うわぁーん、痛いよぅ、痛いーっ」

静かな境内に男の子の泣き声が響き渡り、ハルキは慌てて宥《なだ》めようとする。

「わ、悪かったよ。転ばせるつもりはなかったんだ」

「わぁぁん、うわぁん」

それでも男の子は泣きやまず、ハルキは小さな子を泣かせた後ろめたさが募る。

「ごめんってば。ねえ、もう泣きやんでよ。頼むからさ」

男の子は涙を溜めた目でハルキを見た。

「……じゃあ、お兄ちゃん、一緒に遊んでくれる？」

「え？」

「お兄ちゃんが遊んでくれるなら、もう泣かない」

(なんで知らないチビッコと遊ばなきゃいけないんだよ)

その気持ちが顔に出た。ハルキの嫌そうな顔を見た瞬間、男の子は再び泣き出しそうになる。ハルキは慌てて両手を振った。

「わ、わかった！　わかったから、もう泣かないで！」

男の子の表情がパアッと明るくなり、あんなに青白かった頬にほんのり赤みが差した。

「やったぁ」

男の子はぴょんと跳ねるようにして立ち上がった。ハルキも男の子の前に立つ。

「君、何て名前なの？」

ハルキが問うと、男の子は「ナギ」と名乗ってニコッと笑った。

「お兄ちゃんは何て名前？」

「ハルキ」

ナギは落ちていた葉を拾い上げた。さっきハルキがちぎり取った葉っぱだ。

「お守りだよ。あげる。すごく御利益《ごりやく》があるんだよ」

ナギは満面の笑みで葉を差し出した。

(ただの葉っぱだろ、葉っぱなんか……)

ハルキは顔をしかめそうになった。けれど、目の前のナギは期待で顔を輝かせている。さっきまで泣いていたせいで潤んだ瞳がキラキラ光っていて、いらない、なんてとても言えなかった。

「……ありがとう」

ハルキは小声で言って葉を受け取り、制服のブレザーのポケットに突っ込んだ。

「ねえ、何して遊ぶ？　何して遊ぶ？」

ナギは嬉しそうにその場でぴょんぴょん跳ねながら言った。ナギはイブキと同じように痩せていたが、弟とは違って元気なようだ。

「そうだなぁ……。ナギは何したい？」

「じゃあ、かくれんぼ！　ナギが隠れるから、お兄ちゃん探してねっ」

言うなりナギはパッと駆け出した。楽しそうに走る小さな背中に、自然と頬が緩む。

ふとナギが足を止めて振り向き、怒った顔をした。

「鬼は見ちゃダメなんだよっ！」

「あっ、ごめん」

ハルキはナギに背を向け、両手で顔を隠す。

「いーち、にーい、さーん……」

大きな声でゆっくりと十数えてから、「もーいーかーい？」と声を張り上げた。

「まーだだよー」

小さな社の方から返事が聞こえてきた。ハルキはクスリと笑ってまた十数える。

「もーいーかーい？」

「もーいーよー」

くぐもった声が聞こえて、ハルキは両手を下ろした。

（そういえば、イブキが病気になるまで、よく公園で一緒に遊んだよなぁ……）

正直、四つも年下の弟とかくれんぼをしたって、たいして楽しくはなかった。親に言われて仕方なく〝遊んであげている〟だけだったのだ。

（すぐに見つけたら、イブキのやつ、泣きそうになってたな……）

きっとナギもそうなるだろう。

「あれぇ、ナギはどこかな〜？　どこに隠れたんだろう〜？」

ハルキはわざと大きな声で言いながら、境内を歩き回った。

「あ、きっとここだな！」

白々しいくらい大げさな仕草で手水舎《ちょうずや》の陰を覗き込む。当然、ナギはいない。

「あれぇ、いないなぁ。おかしいなぁ」

ハルキの言葉を聞いて、クスクスッと小さな笑い声が手前の社の陰から漏れ聞こえた。

「あ、ナギ、見つけ！」

ハルキが社の裏を覗き込むと、「ふふふっ」とナギが嬉しそうに笑った。幼い愛らしい笑顔に、ハルキはつい笑みを誘われる。

「次はナギが鬼だよ！　お兄ちゃん、隠れてね！　難しいところに隠れてねっ」

ナギはそう言うと、しゃがんで顔を両手で覆った。

そんなふうに何度かかくれんぼを繰り返し、再びハルキが鬼になった。もういいよの合図で探し始めたとき、石造りの常夜灯から深緑のシャツの裾が覗いているのに気づく。

(今度はあそこか)

ハルキが木の後ろから回り込むと、後ろ姿のナギが常夜灯の陰から境内の様子を窺《うかが》っている。ハルキから丸見えなのに気づいていないその背中がかわいらしい。ついいたずら心を刺激され、ハルキは足音を忍ばせてナギに近づいた。ナギの背中をトンと押す。

「ナギ、見〜っけ！」

「あっ」

ハルキとしては軽く押したつもりだったが、思ったより力が強かったのか、それともナギが華奢だからか、ナギはよろけて地面に両手をついた。

「ナギ、大丈夫⁉」

ハルキは慌ててナギを助け起こした。

「う……わあぁん」

ナギは大声で泣きながらハルキに抱きついた。

「ごめん、痛かった？　びっくりしたの？」

ハルキはナギの背中を撫でたが、ナギはわぁわぁ声を上げて涙を流し続ける。

「ほんとにごめん」

けれど、どれだけ背中を撫でても宥めても、ナギは泣きやまない。ナギの頬を濡らす透明な滴に、胸が締めつけられる。

「ナギ、泣かないで。ナギに泣かれたら、俺、どうしていいかわからないよ……」

ハルキが途方に暮れかけたとき、ナギがしゃくり上げながら言った。

「ハル兄ちゃん……」

その言葉を聞いてハルキはハッとなった。弟がいつもハルキをそう呼んでいたからだ。動きを止めた彼を、ナギは頬に涙を伝わせたまま、口元に笑みを浮かべて見上げる。

「ハル兄ちゃんも泣きたいなら泣いていいんだよ。ナギがぽんぽんしてあげるから」

ナギが背伸びをしてハルキの頭をぽんぽんと撫でた。

「寂しかったんだよね？」

ナギの透き通るような声が耳に優しく響き、不思議と胸の奥がじぃんとした。目の奥まで熱くなり、ハルキは思わずナギの手を払った。

「……別にっ」

けれど、この一ヵ月、ずっと我慢して心に閉じ込めていた気持ちが溢れるように、目に涙が滲んだ。それを隠そうと、ハルキは強い口調で言う。

「別に、寂しくなんかない。イブキが病気で……治療が受けられる病院に入院するために、俺と母さんとイブキだけ引っ越したのだって……別に寂しくない。サッカーチームをやめて、親友とも離ればなれになって、誰も知らない中学校に転校しなきゃいけなくなったのだって……寂しくなんかない。母さんがイブキにつきっきりで、俺が家事を手伝わなきゃいけないんだって、ぜんぜん平気だ！　俺は平気なんだよっ」

強がっても勝手に涙が零れそうになり、ハルキは右手で目を覆った。

「でも、イブキがいなくなれば、ハル兄ちゃんは親友がいる学校に戻れる。お母さんもハル兄ちゃんだけを大切にしてくれる。イブキがいなくなれば、元の生活に戻れるよ」

ナギの最後の言葉にハッとして、ハルキは右手を下ろした。

父さんを心配させてばかりのイブキ。

母さんを泣かせてばかりのイブキ。

イブキのせいで、俺はいつもほったらかしで、我慢ばかり。熱中していたサッカーもやめさせられ、親友とも会えなくなって……。

「イブキなんか……」

言ってはいけないとこらえていた気持ちが、ふと零れそうになった。ハルキは慌てて手で口を押さえて耐えたのに、ナギはためらうことなく言う。

「イブキなんかいなくなれば、いいんだよね？」

ナギの濡れた瞳に陰鬱な陰が浮かんだ。ハルキの背筋を悪寒が這い上がり、不安が目の前に黒雲のように広がる。そんな暗い視界に、ベッドの白いシーツの上で冷たく動かなくなったイブキの姿が見えた。そのイブキにすがって泣き崩れる母、母の隣に立つ呆然とした表情の父。

もう二度と「ハル兄ちゃん」と呼んでくれないイブキ。

「それを願って、祈ったんだよね？」

ナギの暗い声が聞こえた直後、イブキとの思い出が蘇った。

ある夏の暑い日、ゲームソフトを買うために貯めていた大切なお小遣いで、棒付きアイスを買ってあげた。そうしたら、イブキはすごく喜んでくれた。満面の笑みで、嬉しそうに、だけど大切に少しずつ食べるもんだから、溶けないか心配になったっけ。

収穫を祝う秋祭りの日、買ってもらったばかりの綿アメをイブキが落としてしまった。あんまり泣くから、「半分食べていいよ」って俺の綿アメを渡したら、数口だけ残してほとんど食べられた。でも、嬉しそうなイブキを見たら、ぜんぜん腹が立たなかったんだ。

冬のある日、友達と公園で遅くまで遊びすぎて父に家から閉め出されたとき、イブキが窓からこっそり出てきた。自分の手袋とマフラーを差し出しながら、「一緒におうちに入ろ？　僕も一緒に謝ってあげるから」って泣きそうな心配顔で言ってくれた……。

そんなイブキがいない世界。

ドクン、と心臓が打つ。

「違う！　俺はそんなこと願ってない！」

ハルキは駆け出そうとしたが、ナギにブレザーの裾を掴まれた。華奢な体に似合わず強い力に、ハルキはその場から動けなくなる。

「ナギ、離して」

ナギは首を傾げて、暗い瞳でハルキを見上げた。

「どうして？　イブキのせいでハル兄ちゃんは――」

ハルキはナギの言葉を遮って、早口で言う。

「イブキがいたから、嬉しい気持ちは何倍にも大きくなった。嫌な気持ちはずっとずっと小さくなった。もしイブキがいなくなれば、悲しい気持ちが何倍にも大きくなる。ううん、大きくなりすぎて耐えられない。きっと、死にそうなくらい悲しくなる。イブキがいなくなったら、元の生活なんて二度と戻ってこない！」

ハルキの剣幕に押されたようにナギの力が緩んだ。ハルキは全速力で駆け出す。神社の石段を飛び降り、坂道を転がるように走った。横断歩道をいくつも渡り、必死で駆けて、ようやくイブキが入院している病院が見えてきた。息が上がって苦しく、入口の前で足を止める。呼吸を落ち着かせようとしたとき、切羽詰まった声で名前を呼ばれた。

「ハルキ!?」

顔を向けたら、駐車場の前の歩道に母の姿があった。顔面蒼白で、息を切らしている。

ハルキは嫌な予感で心臓がギュッと痛くなった。

「母さん、イブキに何かあったの!?」

ハルキが駆け寄ると、母は戸惑ったように瞬きをした。

「え、イブキ？　イブキは……今日は普段より調子がよさそうだったけど」

母は整わない呼吸のまま答えた。

(じゃあ……神社で見たのは、全部俺の悪い想像だったのか……)

ハルキはホッとしたが、逆に母は表情が険しくなる。

「それよりいったいどこに行ってたの!?　最終下校時刻をとっくに過ぎたのに帰ってこないから、心配してたのよっ」

「心配って……俺のことを？　イブキのことじゃなく？」

「当たり前じゃないの！　鞄もないし、帰宅途中に何かあったのかって思うじゃない」

「けど、母さんはいつも病院にいて、俺のことなんか気にもしてないじゃないか」

ハルキの言葉に衝撃を受けたように、母は表情を強ばらせた。

「……ハルキには我慢ばかりさせて……そう思わせてた私が悪いのよね。ハルキは聞き分けがいいから、つい……甘えてしまって。本当にごめんね。でも、母さんはイブキと同じくらいハルキのことも大切に思ってるの。本当よ」

母は悲しげな声で言った。その額は汗ばみ、髪がべったりと張りついている。

(ああ、本当に心配して探し回ってくれてたんだ……)

ハルキはふっと肩から力が抜けるのを感じた。

「……心配かけてごめん。イブキが心配で……イブキに会いたくなってここに来たんだ」

ハルキがぼそぼそと言うと、母の表情が明るくなった。

「そうだったの？　お見舞いに来たのね？　イブキ、きっと喜ぶわよ」

母はハルキを促して歩き出した。病院に入り、入院病棟のナースステーションで面会申込書に記入する。病室に着いて母がスライドドアを開けると、イブキは起こしたベッドにもたれていた。ハルキを見たとたん、嬉しそうな声を上げる。

「ハル兄ちゃん！」

声同様、嬉しそうな弟の表情を見て、ハルキは胸がチクリと痛んだ。今まで見舞いに来ても、壁際に突っ立ったまま、ろくに話をしなかったことを後悔する。

「僕、手術の日が決まったんだよ。また四人で一緒に暮らせるようにがんばるね」

病気のせいで痩せて顔色の悪いイブキ。本当ならナギみたいに走り回って遊びたいだろう。友達とおしゃべりしたりゲームをしたり……やりたいことはいっぱいあるはずだ。

けれど、知らない土地の病院で、外にも出られず、独りぼっち。

(我慢してるのは俺だけじゃなかったのに……俺は自分のことしか考えてなかった)

そのことに思い至り、ハルキは恥ずかしさで頬が熱くなった。

「ハル兄ちゃん、頭に葉っぱがついてるよ」

イブキが手を伸ばしてハルキの髪に触れた。下ろしたイブキの手に、見覚えのある艶々した葉が握られていた。ナギにもらったものに似ている。

ハルキはポケットに手を突っ込んだ。中を探ったが、入れたはずの葉っぱがない。

母はイブキの手元を覗き込んで言う。

「あら、それはナギの葉っぱね」

「ナギ？」

ハルキとイブキの声が重なった。

「そうよ。とても丈夫な葉で、梛《なぎ》の木を御神木にしている神社もあるのよ。神様が宿るとか、苦難を〝なぎ払う〟とか言われている縁起のいい木なの」

「そうなんだ……」

ハルキはナギの顔を思い浮かべた。イブキに似ているようで似ていない、不思議な男の子。御神木にされる木と同じ名前なのは……もしかして……？

『お守りだよ。あげる』

ナギの声が耳に蘇り、不思議と胸が温かくなった。ハルキは梛の葉を持つイブキの手を両手で包み込む。

「お守りだよ。あげる」

イブキはハルキを見てニコッと笑った。

「神様の木の葉っぱなんだよね？　僕、大切にするね」

「うん。すごく御利益があるんだって。絶対元気になれるから、また一緒に遊ぼうな」

「ほんと？　ハル兄ちゃん、また僕と遊んでくれるの？」

「もちろん。約束だ」

「やったぁ。じゃあ、指切りげんまん。僕、ほんとに早く元気になるから、待っててね」

イブキがハルキに小指を向け、ハルキは自分の小指を絡ませた。弟の青白い顔に浮かんだ懸命な笑みと小さな小指に、絶対に元気になりますようにと祈りを込めた。

この物語はフィクションです。
実在の人物、団体等とは一切関係がありません。
本作は、書き下ろしです。

PROFILE

著者プロフィール

やさしくて、少しかなしいまぼろし

桔梗楓

恋愛小説を中心に執筆。趣味はコンシューマーゲームとレジン制作。著書に『河童の懸場帖東京「物の怪」訪問録』（マイナビ出版ファン文庫）、『京都北嵯峨シニガミ貸本屋』（双葉文庫）ほか。

巫女のバイトをする理由

伊瀬ハヤテ

埼玉県在住。BLと児童文学を主に書きます。好きなお笑い芸人はママタルト。好きな俳優は野島健矢さん。見た目に反し魂がギャル。

バス停

杉背よい

著書に『あやかしだらけの託児所で働くことになりました』（マイナビ出版ファン文庫）、『まじかるホロスコープ☆こちら天文部キューピッド係』（KADOKAWA）など。石上加奈子名義で脚本家としても活動中。

鎮守の森のあふちの実

一色美雨季

『浄天眼謎とき異聞録～明治つれづれ推理』で第2回お仕事小説コングランプリを受賞。その他著書に『吉原水上遊郭まやかし婚姻譚』（ポプラ文庫ピュアフル）など。美雨季名義でノベライズも手掛ける。

神出ボーイミーツ鬼没ガール

鳩見すた

第21回電撃小説大賞《大賞》を受賞しデビュー。著書に『ひとつ海のパラスアテナ』（電撃文庫）、『アリクイのいんぼう』（メディアワークス文庫）、『こぐまねこ軒』（マイナビ出版ファン文庫）など。

神頼みではなく、亀頼みを。

矢凪

千葉県出身。ナスをこよなく愛すフリーライター。『茄子神様とおいしいレシピ』が「第3回お仕事小説コン」で優秀賞を受賞し書籍化。柳雪花名義の著書に『幼獣マメシバ』『犬のおまわりさん』（竹書房刊）がある。

ひとつ足して

霜月りつ

神様系の話をよく書くので神職講座受けたことも。続ければ神主になれるそうな。神社が勝手に作れるというのはびっくりでした。著書に『神様の用心棒』『神様の子守始めました。』など。

舞い散る、舞い継ぐ

溝口智子

福岡県出身、在住。お酒をこよなく愛す。好きなツマミは餃子と焼き鳥。福岡の焼き鳥屋でなくてはならない豚バラが、ほかの地方では焼き鳥屋には置かれないと知りショックを受けた。豚足も好物。